新書

川本三郎
KAWAMOTO Saburo

向田邦子と昭和の東京

259

新潮社

この作品は、株式会社パブリッシングリンク運営の
電子書籍配信サイト「Timebook Town」上で連載された
『向田邦子の生活誌』に加筆の上、書籍化したものです。

向田邦子と昭和の東京　目次

序　章　昭和の女学生　7
「ALWAYS」の頃　昭和の子　出来が古い　寝押し　刻む音
第一章　父母のいませし頃の懐かしい言葉　17
しくじる　お出掛け　シャボン　ご不浄　たち
第二章　家族の記憶と食　43
ゆうべの残りのカレー　おむすびの形　白菜の漬物
食べたいものの絵を描く弟　たくあんの音　鍋のぬくもり　個食の時代へ
第三章　「向田家の父」と「昭和の父」　79

昭和の父　会社人間　子供想い　ありきたりの父親
男泣き　父の実像

第四章　お嬢さん、実社会へ　105
恵まれたお嬢さん　アイスクリーム売り　鬼畜米英とハリウッド
美しさへの憧れ　結婚か仕事か　黒い服

第五章　家族のなかの秘密と嘘　129
ハンドバッグの中味　おんな嫌い　父親の小さな世界
無邪気な嘘　専業主婦とキャリアウーマン　隠れ蓑願望
子供の温かい嘘

最終章　向田邦子と東京の町　161
山の手の生れ育ち　戦前昭和の東京　傘を持ってお迎え
小市民　空襲の夜に　麻布時代　有楽町の喫茶店
東京オリンピック　霞町のマンション　懐かしい夢

あとがき　197
主要参考文献　202
写真提供一覧　203

序章 昭和の女学生

「ALWAYS」の頃

西岸良平の人気漫画の映画化「ALWAYS　三丁目の夕日」（二〇〇五年、山崎貴監督）の大ヒットをきっかけにいま昭和三十年代が注目されている。

なぜ昭和三十年代なのか。ひとつには、あの時代は、戦後の焼跡闇市の混乱が終わり、といって東京オリンピックへと向かう喧騒もなく、比較的平穏な、一種、小春日和のような時代だったからではないか。

東京の町には都電がまだいくつも走っていたが、あの速度で人々の暮しは充分だった。もうひとつ、いま昭和三十年代が注目されている理由は、あの時代に消えていったものがあまりに多いからではないか。

昭和二年（一九二七）生まれの作家、吉村昭は随筆集『昭和歳時記』（文藝春秋、一九九三年）のなかで書いている。

「昭和三十年代は、日本の生活史上、重要な意味をもっているように思える。江戸時代から明治、大正、昭和へとうけつがれてきた生活具や習慣が、この時期にかなり消え去っているのである」

たとえば蚊帳、物干台、汲取り式の便所、おひつ、卓袱台《ちゃぶだい》、とあげてゆくと切りがないほどに、祖父母や両親の時代に使われていた生活具が消えていっている。

いま小津安二郎や成瀬巳喜男の昭和二、三十年代の作品をビデオで見て、無性に懐かしくなるのは、そこに消えていったモノがごく日常的なモノとして描かれているからだろう。成瀬巳喜男監督、田中絹代主演「おかあさん」（一九五二年）に出てくる卓袱台、おひつ、箒、割烹着などいつ見ても懐かしい。

昭和の子

日本は昭和二十年（一九四五）の敗戦によって政治のシステムは大きく変わったが、実は人々の暮しのかたちは、さして変わらなかった。戦前と連続して、相変らず〝卓袱台のある暮し〟が続いていた（ちなみに卓袱台が普及してゆくのは、大正になってから）。明治や大正の人間がタイムマシンに乗って昭和二、三十年代の家庭にやってきてもさほど驚くことはなかっただろう。

それが劇的に変わってゆくのは、昭和三十年代のなかばくらいから。これまで日常的にあった生活用具や生活習慣がひとつひとつ消えていった。

昭和四年（一九二九）、東京に生まれた向田邦子は、〝卓袱台のある暮し〟のなかで育ってきた。とりわけ実直な会社員を父親に持つ家庭だったから、向田家では小市民の暮しが平穏に営まれていた。

のちに成長した時、向田邦子にとってこの〝卓袱台のある暮し〟がかけがえのない、大事な記憶になった。

テレビドラマの脚本を書くようになるのは昭和三十三年（一九五八）、まさに東京タワーというテレビの電波塔が完成した年からだが、時代の最先端をゆく世界で生きてゆくにつれ、自分の故郷ともいうべき〝卓袱台のある暮し〟が世の中から消えてゆくことを強く意識するようになったのではないか。だからこそ作品のなかでそれを残しておきたいと。

出来が古い

向田邦子はノスタルジーの作家だといっていい。現在よりも失なわれてしまった昔を大事にする。その点では永井荷風に似ている。昔といってもせいぜい近過去、大半は昭和。失われてゆく昭和の面影をたどるのが好きなのである。

一般的に、ノスタルジーの感情は、奈良や京都のような古都では生まれにくい。東京のように変化の激しい都市に住む人間の独特の感情だと思う。

「単なるノスタルジーではなく」という常套句があるように昔を振返るノスタルジーは近代社会のなかで評価が低い。にもかかわらず向田邦子は、ノスタルジーにこだわった。ことあるごとに消え去った昭和を懐かしんだ。まさに「昭和の子」だった。

「時分どき」「到来物」といった現代では死語になりつつある言葉を好んで使ったのも昔好きゆえだろう。

「私は人間の出来が古いのだろう、物の言い方にしても新しいより古いほうが好きである」とエッセイに書いている（「傷」、『夜中の薔薇』）。

グラスよりコップ、ワインよりぶどう酒、クッキーよりビスケット、石けんよりシャボン、息子より伜、おにぎりよりおむすび。

そういえば、向田邦子より一歳年上、昭和三年（一九二八）生まれのフランス文学者、澁澤龍彥は随筆集『狐のだんぶくろ――わたしの少年時代』（潮出版社、一九八三年）のなかで、向田邦子と同じように昔の言葉がいい、お新香よりおこうこ、陶器より瀬戸物、とてもよりたいそう、そしておにぎりよりおむすびがいいといっている。

「(略)オニギリなどという言葉は家では聞いたこともなく、オムスビ一本槍であった」

昔の言葉にこだわる。澁澤龍彦もまた「昭和の子」であり、また、ノスタルジーを大事にした文学者である。

寝押し

向田邦子の少女時代の記憶のひとつに、スカートの寝押しがある。随筆集『女の人差し指』(「セーラー服」)のなかで書いている。

「女学生の頃、スカートの寝押しは重大な行事であった。

女学校に入りたての頃には、母がやってくれたが、一学期の終り頃からは、私の仕事になった」

寝押しなど、いまの女の子たちがしているかどうか。これも消えていった昭和の生活感覚だろう。向田邦子は、だからこそ思いをこめて寝押しの思い出を語る。

一般に、従来は、昭和という時代を語る時、政治や経済、あるいは軍部の動きといった大きなところから語ることが多かった。それに対し、向田邦子は寝押しのような生活の細部を大事に語った。

歴史より記憶である。女性だから出来たことだろう。

女学生が夜、明日も着てゆくセーラー服のスカートを寝押しする。可愛らしい。「随分気をつけて寝押しをしたのに、寝相が悪かったのだろうか、朝起きてみると、襞が二本になったりしていることがある。今から考えれば何でもないことだが、その頃は胸がつぶれる思いがした」。

うまくいった時のことではなく失敗したことを書くのが自慢話をしない向田邦子らしいが、朝、スカートが二本の襞を付けているのを見て、（あえて昔の表現を使えば）べソをかいている女学生がまた可愛らしい。

向田邦子は、「戦前の女学校の生徒」ではなかったかと思う。その教養の基本が女学校で作られている。たとえば音楽でいえば、女学校時代に聴いたシューマンの「トロイメライ」やサンサーンスの「白鳥」、合唱で歌ったシューマンの「流浪の民」。「戦前にセーラー服を着た女の子」（『霊長類ヒト科動物図鑑』）だったことが分る。

終戦直後の女学校時代、独身の女の先生から、仲のよい級友と二人、うちへ泊りに来ないかといわれ、二人で出かけていった思い出（「夜中の薔薇」、『夜中の薔薇』）など、昭和八年（一九三三）に日本公開され、女学生のあいだで大人気になった、女の先生と女学生の物語、ドイツ映画「制服の処女」（一九三一年、レオンティーネ・ザガン監督）を思わせる。

向田作品を次々にテレビドラマ化していった演出家、作家の久世光彦《てるひこ》（昭和十年、東京生まれ）は、回想記『触れもせで——向田邦子との二十年』（講談社、一九九二年）のなかで、向田邦子の性知識は「最後まで、昔の女学生並みだったのではなかろうか」と書いている。「（略）どんな話の中にも上手に入れる人だったのに、トルコや昔の遊廓《ゆうかく》の話になると、ふと気がついたようにお茶をいれに立ったりする」（「恭々しき娼婦」）。

この点でも「戦前にセーラー服を着た女の子」である。おそらく二十歳を過ぎるまで親類以外の異性と付き合ったことがなかったのではないか。それは、戦前の女学生にとって決して不思議なことではなく、むしろ普通のことだったと思う。

向田邦子は確かに男女の仲をよく書いたが性愛描写などまずなかったし、どぎつく脂ぎった描写もなかった。潔癖なまでに清潔である。女学生の感受性を持ち続けたといっていい。「昭和の子」であると同時に「永遠の女学生」だった。

どうしても「酒を飲む」「尻をまくる」と書けない。「お」をつけて「お酒」「お尻」

になってしまう（「おの字」、『夜中の薔薇』）のも、戦前の女学生の感覚だろう。

刻む音

戦前の女学生は、いまの十代の女の子と違って、家を出て町（盛り場）を闊歩することは少なかった。

「お出掛け」という特別な場合を除いて、家と学校の往復が主な生活圏だった。現代から見れば、まったくといっていいほど外の世界からへだてられていた。そのぶん、家の生活が大事だった（ちなみに久世光彦が指摘しているが、向田邦子は「家」を「いえ」ではなく「うち」と読んだ）。

向田邦子が、ホームドラマに才能を発揮し、また家の生活の記憶を描き続けたのは、そのためだと思う。のちにアマゾンやマグレブなど世界各地を旅するようになるが、女学生、向田邦子の帰るべきところはあくまでも「昭和の家」である。

好きな随筆がある。『夜中の薔薇』所収の「刻む音」。少し長くなるが引用したい。

「朝、目を覚ますと台所の方から必ず音が聞えてきた。

母が朝のおみおつけの実を刻んでいる音である。実は大根の千六本であったり、葱《ねぎ》のみじんであったりしたが、包丁の響きはいつもリズミカルであった」
「顔を洗っていると、かつお節の匂いがした。おみおつけのだしを取っているのである。少したつと、プーンと味噌の香りが流れてきた。
このごろの朝の匂いといえば、コーヒー、ベーコン、トーストだが、私に一番なつかしいのは、あの音とあの匂いなのである」

向田邦子が愛してやまない戦前昭和の小市民の平穏がここにある。家族のなかで誰よりも早く起きた母親が台所で朝食の仕度を始める。その音で娘が目を覚ます。小津安二郎や成瀬巳喜男の映画の一場面といってもおかしくはない。いまはもう消えてゆく風景だけにまるで幻影のように見える。「味噌汁」ではなく「おみおつけ」と書くところも向田邦子ならでは。

家を大事にした昭和の女学生らしい良き記憶である。カレーライスとライスカレーの違いを「金を払って、おもてで食べるのがカレーライス」「自分の家で食べるのが、ライスカレーである」と絶妙に区別してみせた（「昔カレー」、『父の詫び状』）のも、戦前の小市民の家を大事にした向田邦子ならではだろう。永遠の女学生が「ライスカレー」のほうを好んだのは、いうまでもない。

第一章

父母のいませし頃の懐かしい言葉

しくじる

「なかんずく」という随筆（『霊長類ヒト科動物図鑑』）に、愉快な男の子が出てくる。親戚の男の子で、小学校に入ったばかりなのに、どこで覚えたのか、いまでは大人でもあまり使わない「なかんずく」を口癖のように使う。

入学祝い、何がいい？　と聞くと、少し考えてこういう。

「なかんずく万年筆かな」

小学校の一年生が、古い言葉を使う。子供なりに、「なかんずく」という言葉を面白く感じているのだろう。

この随筆を書いている向田邦子自身が明らかに「なかんずく」という古い言葉に惹《ひ》かれている。「うちの親戚の男の子が、『なかんずく』に凝ったことがある」と書いている。小学生の子供が、言葉に「凝る」といういい方がまた面白い。

向田邦子自身が、こういう古い言葉に「凝る」人だった。

「時分どき」「到来物」「気働き」「冥利《みょうり》が悪い」が頻繁《ひんぱん》に使われたことはよく知られている。

祖父母や父母が普通に使っていたのに、現在では次第に日常生活から消えていっている言葉に「凝る」。そこから作品世界に懐かしさが生まれる。

「男眉」(『思い出トランプ』)の妻は、夫に「お前は曲《きょく》がない」といわれる。「曲がない」とは何のことか。

いわれた妻は、買物に出たついでに、半年に一度も入らない本屋に入って、分厚い国語辞典を抜き出して引いてみる(辞書を立ち読みするというのが凄《すご》い!)。

国語辞典には「面白味がない」「愛想がない。すげない」とあり、納得する。

国語辞典と書いたが、向田邦子は「字引き」という古い言葉を使っている。手にしてみて重い、というところでは「持ち重り」がすると書く。古い言葉に凝っている。

「男眉」のこの妻のように、向田邦子自身よく「字引き」を引いては、古い面白い言葉を探していたのではあるまいか。原稿が遅いので有名だったのは、「字引き」を引く時間に取られていたのではあるまいか。

母親が台所でハムを切っていた時、誤って子供の人指し指の先を切ってしまう「大根の月」(『思い出トランプ』)には「手《て》脚気《がっけ》」という珍しい言葉が出てくる。姑が嫁のことを陰でいう。

「あのひとは手脚気だから」

いくつかの辞書に当ってみたが「手脚気」という言葉は見つからない。不器用といった意味なのだろう。

子供の指を切ってしまったあと、台所に行くと、使っていた包丁がない。姑に、包丁はどこかと聞くと、姑は答える。

「ほかしましたよ」

「ほかす」は東京ではあまり使わない。辞書を引くと、「放下する」から転じた言葉で主として関西で使われる、とある。

東京生まれの向田邦子には珍しい言葉で、一度、使ってみたかったのだろう。

辞書を引くほどではない言葉にも、懐かしいものがいくつもある。ついこのあいだまで、誰もが普通に使っていたのに、だんだん使われなくなっている言葉。

たとえば「しくじる」。

「隣りの神様」(『父の詫び状』)で、父親が心不全で急死した時、動顚《どうてん》した母親は、遺体の顔に豆絞りの手拭《てぬぐ》いを掛けてしまう。弟が黙ってポケットから白いハンカチを出して取り替える。

「子供の欲目かも知れないが、母も人並み以上に行き届いた人だと思う。だが、父があまりにも癇癪もちで口うるさいので、叱られまいと緊張するのだろう、ここ一番という時に限ってよくしくじりをした」

現在なら「失敗した」と書くところを、向田邦子は「しくじり」と書く。「失敗」よりも「しくじり」の方が愛敬がある。「失敗」は許されないが、「しくじり」なら許される感じがする。「大学入試に失敗した」だとおおごとだが、「大学入試にしくじった」だと、なあに来年もあるさと、のんきに構えていられる。「失敗」は冷たいが、「しくじり」は温かい。

「有眠」（『女の人差し指』）によると、向田邦子は不眠症とは縁がなく、実によく眠る人だったらしい。

早く原稿を書かなければいけない時も、原稿用紙の上にうつぶして、本式に眠ってしまう。

そこで——、

「『これは寝過ぎた、しくじった』

子供の時分歌った『兎と亀』の歌は、私のテーマ・ソングである」

なるほど、「しくじる」は童謡から来ていたか。温かい筈《はず》だ。

向田邦子は、子供時代の思い出を実によく書いたが、子供時代には、古いいい言葉が日常生活に普通に残っていたからこそだろう。

向田家は父親の転勤で終戦直後の昭和二十二年（一九四七）から二十五年にかけて、仙台に住んだ。長女の邦子は東京で学校（実践女子専門学校、現在の実践女子大学）に通い、休みになると仙台に帰ってくる。

帰った次の朝、遅くに目が覚めると、妹が英語のリーダーを読んでいる。「自転車が走っています」というような文章を東北弁で読んでいる。姉として、それでは東京へ帰ったら通用しないよ、と注意する。

「妹はベソをかいて、

『でも、この通り言わないと先生に叱られるもの』

仙台なまりでもう一度読んで聞かせてくれた」（「クラシック」、『女の人差し指』）

「ベソをかいて」という言葉が可愛い。最近だとただ「泣いた」だろうか。「泣いた」

だと、姉が妹をいじめたことになるが、「ベソをかいた」だと、ユーモアがある。そして妹の仙台なまりの英語を聞いてみたくなる。

姉の方だって子供の頃には、「ベソをかいた」。小学校五年生の時に、鹿児島の平之町の家で家族七人が写真を撮った（「記念写真」、『父の詫び状』）。

戦前の昭和、中産階級の家庭では、家族写真を撮るのは、一家の一大イベントである。前の日に子供たちは床屋へ行かされる。当日は、興奮しているから朝早く起きる。母親が「よそゆきの洋服」を用意してくれる。

ところがこんな時に限って困ったことが起きる。「私」は、二、三日前から鼻の頭におできが出来、朝になっても治らない。水で冷やしたり何度も鏡をのぞいて、とうとう「ベソ」をかく。

そこを父に見つかって「お前の鼻を写すんじゃない」とどなられる。

「鼻を写すんじゃない」といういい方も可笑《おか》しいが、これも娘が「ベソ」をかいていたから生まれる言葉だろう。「泣いた」では、湿っぽくなり、父親が本気で怒っていることになってしまう。「ベソをかいた」だと父親の怒りも温かさに包まれる。だから娘をかばう母親の言葉が生きてくる。

「今日だけは怒らないで下さいな。どなると（子供たちの）顔に出ますから」

これに対して、父親が「オレがいつ怒った。何いってんだ」と怒り出すのがまた可笑しい。向田邦子は、父親を怒りっぽく、家のなかでは威張っていた男として描くが、案外、面白いところのある人だったのではないか。

もっとも「鼻を写すんじゃない」は向田邦子の創作かもしれないが。そういえば、先に挙げた、急死した父親の顔に母親が放心状態で豆絞りの手拭いをかけた、という話は、のちに母親が「あれ、嘘ですよ」（座談会「素顔の向田邦子」、『小説新潮』一九九三年八月号）と否定している。

向田邦子の随筆は短篇小説の趣きがあり、ここというところで創作を加えたのだろう。そうすることで戦前昭和の平穏な小市民の暮しを再生させようとした。

お出掛け

「お出掛け」という言葉も懐かしい。

「身体髪膚」（『父の詫び状』）にある。

「小学校へ上ったばかりの、冬の夕方だった。うち中揃ってお出掛けというので、私ははしゃいでいた。お出掛けといったところで、せいぜいお手軽な洋食にプリンを食べて帰りに玩具を買ってもらう程度なのだが、よそゆきの服を着られるのも嬉しかった」

この時の「お出掛け」は「私」が帽子掛けに掛かった帽子を取ろうとして怪我をしたことでなしになってしまうのだが、この文章から「お出掛け」が、写真撮影と並んで、昭和の小市民のイベントになっていたことがわかる。

「小学校へ上ったばかり」というから昭和十一年（一九三六）の頃のことだろう。日中戦争の一年前。エッセイストの本間千枝子は戦前の昭和を回想した名著『父のいる食卓』（文藝春秋、一九八七年）で、昭和十二年に日中戦争が始まるまで、中産階級の暮しには、まだ平穏なゆとりがあったと書いているが、向田家の「お出掛け」はまさにそのゆとりの典型だろう。

子供にとって「お出掛け」が楽しかったのは、外食を楽しみ、玩具を買ってもらえるという贅沢《ぜいたく》が味わえたことにある。

「お軽勘平」（『父の詫び状』）に「昔は子供がお金を使うことなどもってのほかで、私と弟は母の手で（お年玉を）それぞれの貯金箱の中に入れてもらうだけであった」とあるが、これは、東京なら山の手の中産階級の家庭のことだろう。

浅草育ちの下町っ子、池波正太郎の随筆（「昔の東京」、『新 私の歳月』講談社、一九八六年）を読むと、池波少年は子供の頃から自由にお金を持ち、町に出て、食事をしたり、映画を見たりしている。

たとえば、大晦日が近づくと池波少年は、祖母の手伝いで障子の張り替えをする。その手間賃に祖母から五十銭もらう。大晦日になると池波少年は五十銭をもって町に飛び出してゆく。

「仲よしの友だちと落ち合い、先ず浅草へ行って、大勝館（SY系の洋画封切館）で映画を観る。それから並木の〈藪〉へ行き、年越しの天ぷら蕎麦《そば》を食べ、また別の映画館へおもむく」

昭和のはじめのことだが、下町に住む子は自分のお金で町を楽しんでいる。それが許されている。

それに対して、山の手の中産階級の家庭では「子供がお金を使うことなどもってのほか」なので、「お出掛け」というハレの日が大きな楽しみになる。

このことからも向田邦子が戦前の良き中産階級の子供だったことがよくわかる。向田家は、父親を中心とした新しい家庭であり、両親とも子供の教育に熱心である。「寺内貫太郎一家」の父親は、向田邦子の父親をモデルにしているというが、実際の父親は、決して怒ってばかりいる男ではなく、子供想いだったのではないか。照れて怒ってしまうのだろう。そして、向田邦子もまた、優しい父親を書くのには照れがあったのだろう。

本間千枝子は「回想の山の手」（岩渕潤子、ハイライフ研究所山の手文化研究会編著『東京山の手大研究』都市出版、一九九八年）のなかで、

「子どもというのが、山の手文化のもう一つの中核をつくっていたと思う。『大切にされる子ども』がいるのが、山の手の特徴ではなかったろうか」

と書いている。向田家は、子どもを大切にしている点で、まぎれもなく「山の手文化」の担い手だった（向田家は、父親の転勤で、鹿児島、高松、仙台など各所を転々とするが基本は東京の山の手にあったと考えていいだろう）。

シャボン

久世光彦は『触れもせで』（「私立向田図書館」）のなかで、向田邦子は古い言葉を実によく知っていて、聞くと丁寧に教えてくれたと書いている。

たとえば「左義長《さぎちょう》」という言葉について訊いてみる。向田邦子は、ただちに「左義

長」とは、一月の十五日に、正月に使った門松や注連縄《しめなわ》、お飾りなどを寺社に持ち寄って焼く古くからの風習で、地方によって「どんど焼き」ともいうと教えてくれる。

そのあと、補足してくれる。

「別に関係ないけど、この日は〈女正月〉とも言うのよ。お正月の間台所で忙しかった女たちが、ようやくほっとして女だけで御馳走を食べてこっそり新しい年を祝うの。知らなかったでしょ」

確かに知らなかった。女性を中心にした昔の家庭生活の良さを大事に記憶しようとした向田邦子らしい知識である。

古い言葉を大事にする。そこに向田邦子の真骨頂がある。

少し話がそれるが、二〇〇五年に、日本での著作権が切れたためか、サン＝テグジュペリの『星の王子さま』の新訳が最近、次々と出版されている。

いくつか目を通して見たが、長く内藤濯《あろう》訳（岩波書店）に親しんできた人間には、新訳に不満がある。

冒頭に語られる蛇が、内藤訳の「うわばみ」から、たいてい「大きな蛇」に変えられている。「うわばみ」など古い言葉だからと捨てられてしまったのだろうが、「大きな蛇」ではなんとも味気ない。

「うわばみ」という面白い言葉、日本語があるのだから、いまの子供たちにも伝えていったらいい。子供たちも「うわばみ」という不思議な言葉に興味を覚え、強く心に残すのではないか（私はそうだった）。「大酒飲み」という意味にも使われる「うわばみ」は、日本語の豊かさのあらわれであり、それを、いまの子供たちは知らないからと「大きな蛇」に直してしまうとは、なんとも安易だと思う。

内藤訳にあった「剣呑《けんのん》」も「危険」に変っている。小津安二郎監督の戦後第一作「長屋紳士録」（一九四七年）に「剣呑」が出てくる。東京、築地あたりの長屋で荒物屋を開いている飯田蝶子のところへ、茶飲み友達の吉川満子が遊びに来る。さんざんお喋《しゃべ》りをして、飯田蝶子にちょっときついことをいわれて退散するときに「剣呑、剣呑」という。「おっと危ない、これ以上いると大変だわ」といった意味。この「剣呑」を新訳でなくしてしまうとは。

古い言葉には、それを支えた生活環境がある。それがなくなった以上、言葉が消えるのは仕方がないが、向田邦子は、昔を懐かしむように古い言葉に「凝る」。

小津安二郎といえば、昭和二十四年（一九四九）の作品、「晩春」では、笠智衆が石けんのことを「シャボン」という。向田邦子も「シャボン」が好きで、いまではもう死語と知りながらよく使った。

たとえば「海苔巻の端っこ」(『父の詫び状』)。

子供の頃、「私」はお焦げが大好きだった。ある時、祖母が父親に隠れてそっとお焦げで塩むすびを作ってくれた。実においしい。

「食べ終えて、祖母に手を拭いてもらってから、洗面所横の小部屋をのぞく。顔中をシャボン(当時は石けんといわずそういった)の泡だらけにした父が、母の鏡台の脇につるした革砥《かわと》で剃刀《かみそり》を研《と》いでいる。私がうしろに立つと、父は、わざと大袈裟に頰をふくらましたり鼻の下を伸ばしたりおかしな顔をしてみせながらひげを当てる」

朝、顔中「シャボン」の泡だらけにした父親がひげをそる。娘が見ているとわかると、面白い顔をしてみせる。ここにも、怖い父親とは別の面白い父親がいる。「シャボン」が、父親の気持をゆったりとさせている。

こういう父と娘のいる光景を思い浮かべると、田辺聖子の『田辺写真館が見た〝昭和〟』(文藝春秋、二〇〇五年)で知った麻生路郎の川柳を重ねたくなる。

「昔とは父母のいませし頃を云い」

ご不浄

向田邦子が「凝る」言葉に「ご不浄《ふじょう》」がある。普通、女性作家は、いや男性作家でも、あまりトイレのことは文章に書かないものだが、向田邦子は実によく「ご不浄」を登場させる。

『霊長類ヒト科動物図鑑』など「ご不浄」だらけである。

「古いカレンダーをはずして、新しいものに掛け替える。

感慨といえるほどご大層なものではないが、やはりご不浄のタオルを取り替えるのとはわけが違う」（「豆腐」）

いきなり「ご不浄」である。さらに——。

「そういえば、いつぞや映画館のご不浄で順番待ちの行列をしたことがあった」（「小判イタダキ」）

「スリッパを片方ご不浄に落っことして、よく叱られた。今は水洗だから、ちょいと洗って乾かせば大丈夫だが、昔は汲取り式だったから、墜落させたら一巻の終りだった」（「スリッパ」）

女性なのだからあまりトイレの話をするのはどうかと、こちらが心配してしまうほどよく「ご不浄」を使う。「トイレ」は見たことがない。テレビドラマ「幸福」(一九八〇年)のなかで、老いた父親を演じる笠智衆が、「便所」という言葉が「トイレ」に変わるのを嘆いたりするくらい。水洗が普及していない昔の汲取式の場合は、「便所」「厠」「後架」「手洗い」「雪隠」などのいい方があったが、向田邦子は山の手の娘らしく、品良く「ご不浄」。

いったい女性作家はトイレのことを何と書くか、いく人かの昭和の女性作家の作品にざっと目を通してみたが、そもそもトイレの描写というものがない。向田邦子はその点、特殊といっていいだろう。

ようやく林芙美子の戦後の作品「骨」のなかに、新宿の娼婦があいまい宿のトイレのなかで百円札を数える場面を見つけたが、「厠」を使っていた。

向田邦子にとって「ご不浄」は「お出掛け」や「シャボン」と同じように、良き戦前の昭和、懐かしい子供の頃を思い出させてくれる言葉、昔へ戻るための大事な手がかりなのだろう。

「子供たちの夜」(『父の詫び状』)には、

「私は子供にしては目ざといたちだったらしく、夜更けに、よく大人達が、物を食べているのに気がついた。ご不浄にゆくついでに茶の間をあけると、たしかに餅を焼く匂いがしたのに、父は本をひろげ、母と祖母は繕い物をしていて、食卓には湯呑み茶碗しかのっていない」

子供が夜中に目ざめて、大人たちがものを食べている気配を感じる。「ご不浄」にゆくついでに、茶の間をのぞいてみると、父も、母と祖母も、何も食べていない。狐につままれた気分になる。

小津安二郎監督の「麦秋」（一九五一年）の、大人の原節子と三宅邦子がケーキを食べていて、男の子がねぼけて起きてくるとあわててケーキを隠す場面を思い出させる。もしかすると向田邦子は、「麦秋」を見ていて、子供の頃の思い出と重ね合わせたのかもしれない。

「ご不浄」の話をもう少し続ける。

向田邦子には「ご不浄」にまつわるいい話が多いから。

子供が、夜、「ご不浄」にゆきたくて目をさます。そして、いつもとは違う家の中の様子に驚いたり、不安になったりする。夜中に「ご不浄」にゆくことは子供にとってもうひとつの世界を垣間見ることである。大人になることへの小さな成長の儀式といってもいいかもしれない。

「子供たちの夜」には、こんな「ご不浄」の体験も語られる。

「夜更けにご不浄に起きて廊下に出ると耳馴れた音がする。茶の間をのぞくと、母が食卓の上に私と弟の筆箱をならべて、鉛筆をけずっているのである」

母親が子供たちの鉛筆をけずる。昼間見ていたら、それほど印象に残らないかもしれない。それが、夜更けに「ご不浄」に立った時に、ひとり鉛筆を削る母を見る。特別な光景に思えたことだろう。

「子供にとって、夜の廊下は暗くて気味が悪い。ご不浄はもっとこわいのだが、母の鉛筆をけずる音を聞くと、何故《なぜ》かほっとするような気持になった。安心してご不浄へゆき、また帰りにちょっと母の姿をのぞいて布団へもぐり込み夢のつづきを見られたのである」

ここにも戦前の昭和の良き中産階級の姿がある。母親が明日学校に持ってゆく子供の鉛筆を削るとは、まさに本間千枝子のいう「『大切にされる子ども』がいるのが、山の手の特徴」ということだろう。

向田邦子はあるパーティであった女性が、シューベルトの「童は見たり野中の薔薇」を長いあいだ間違って「夜中の薔薇」と歌っていたという話に印象を受ける。なぜこの女性は、「野中の薔薇」を「夜中の薔薇」と間違えてしまったのか。帰りのタクシーのなかでひとり、こんなことを考えている。

「子供が夜中にご不浄に起きる。

往きは寝呆けていたのと、差し迫った気持もあって目につかなかったが、戻りしなに茶の間を通ると、夜目にぼんやりと薔薇が浮んでいるのに気がつく。

闇のなかでは花は色も深く匂いも濃い。

子供は生れてはじめて花を見たのである」

だから「私」は、「夜中の薔薇」の方がいいと思う。「ご不浄」から「薔薇」が生まれた。絶妙の想像である（「夜中の薔薇」、『夜中の薔薇』）。

もうひとつ「ご不浄」のいい話がある。本当に向田邦子は「ご不浄」好きなのだ。

これは大人になってからのこと（「わが拾遺集」、『父の詫び状』）。「映画ストーリー」の編集者時代のことだろう。

物書きや映画人が集まる渋谷のある飲み屋の「ご不浄」に、バッグを落してしまった。

もらいたての月給と筆者に渡す原稿料が入っているから、そのままにしておくわけにはゆかない。席に戻ってこっそり白状すると、店中の客が「可哀そうだ、みんなで拾ってやろう」ということになる。

そしてバッグの手紐を釣り上げる方法でなんとか、無事に手元に戻る。

「『釣れました。釣れました！』

と誰かが叫び、拍手と乾杯という声が起った。見ず知らずの人から私のところへコップ酒が届いた。バッグは、店のオニイさんが竹竿の先に引っかけ、その頃はまだ埋立てなかった川の上に突き出してバケツの水を何ばいも掛けてから返してくれた」

しくじりをユーモラスに書く。随筆の妙である。翌日、「私」は人に教えられ、日本銀行の本店に行き、新札に替えてもらったという。

この話は、漱石の『坊っちゃん』のエピソードを思い出させる。「おれ」は、清から三円借りる。大事に「蝦蟇口《がまぐち》」に入れておくが、それを「便所」に行ったとき、すっぽりと「後架」に落してしまう。

清に話すと、早速、竹の棒を探してきて、蝦蟇口の紐を引っかけて取り出してくれる。蝦蟇口を井戸の水であらい、火鉢で乾かして「これでいいでしょう」と渡してくれた。

現代の向田邦子が明治の「坊っちゃん」と同じしくじりをして笑わせる。ちなみに『坊っちゃん』にある「蝦蟇口」も向田邦子はちゃんと使っている。

「この間うちから、蝦蟇口の口金がバカになっている。
疳性《かんしょう》なせいか、靴の紐やベルトもきつめに結ぶたちなので、蝦蟇口もパチンと音がしないとお金の出し入れのきまりがつかないようで気持が悪い。銀座へ出たついでにデパートの袋物売場をのぞいてみた。あれこれ物色した挙句、結局は買わずに帰ったのだが、隅に並んでいた赤い丸型の小ぶりの蝦蟇口を手に取った時、よみがえるものがあった」
（「細長い海」、『父の詫び状』）

ここから例によって、子供時代の思い出に移ってゆくのだが、冒頭のこの短い文章のなかで三度も「蝦蟇口」を使っている。明らかに古い言葉を使おうと意識しているのがわかる。

「ご不浄」との関連でいうと、向田邦子のテレビドラマには、若い女性がトイレ以外のところでもよおしてしまうという、恥かしくもユーモラスな場面がある。「冬の運動会」（一九七七年）では、恋人（根津甚八）の家へ、隠れて遊びに行った若い女性（いしだあゆみ）が、思いがけずに、家族が帰ってきたために、トイレに行くわけにゆかず、男の部屋で花瓶におしっこをする。「幸福」では、岸本加世子が我慢出来ずに、電話ボックスのなかでしゃがんでしまう。ちょっと驚く。

それにしても、向田邦子はなぜこんなに「ご不浄」が好きなのか。いうまでもなく、向田邦子の子供時代は、いや、東京でさえ、昭和三十九年（一九六四）の東京オリンピックの頃までは、たいていの家の「便所」はまだ汲取式だったからだ。

われわれは長い間、ずっと汲取便所になじんで来た。向田邦子は、戦前の良き家庭生活のことを思い出そうとしたら、世話になった「ご不浄」を欠かすわけにはゆかないと思ったのだろうし、父母のいませし昔は「ご不浄」と共にあったと、ないがしろにされがちなあの家の隅にあった暗がりへ郷愁を覚えるのだろう。

たち

これは高島俊男が『メルヘン誕生――向田邦子をさがして』（いそっぷ社、二〇〇〇年）で指摘していることだが、向田邦子の文章では、「女のくせに」「男のくせに」がよく使われる。たいていは、家長である父親が娘や息子にいう。

「女のくせに横着なことを考えやがって。そういう了見では先行きロクなことないぞ、お前は」（「蜘蛛の巣」、『女の人差し指』）。庭の草むしりを少し手抜きしただけですぐにこういわれる。

父親の背中をかくとき、要領が悪いと、

「女のくせに癇が強いな、お前は。もっと静かにやれ」（「孫の手」、『霊長類ヒト科動物図鑑』）

息子にもすぐ「男のくせに」が飛んでくる。家族揃って記念写真を撮る時に、笑い上戸の弟が笑ったりすると、

「男のくせに何がおかしい。馬鹿！」（「記念写真」、『父の詫び状』）

「男は三年に片頰」の世代の父親としては、男が笑うなどはしたないことなのだろう。

「男のくせに」「女のくせに」といういい方は、いうまでもなく、男には男の、女には女の、たしなみ、生きる型、規範が存在していた時代ならではの価値観である。それが崩れてしまった現代では、もう「男のくせに」「女のくせに」は成り立たない。

父親は決して子供たちを怒っているのではなく、女性はこうあるべき、男性はこうあるべきと、明治生まれの男らしく規範を教えようとしているだけなのである。

向田邦子は「女のくせに」といわれるのに抵抗を感じた筈だが、同時に、生きる型というものが確かに存在していた子供時代への郷愁を込めて、父親に「女のくせに」「男

のくせに」といわせているのだろう。

しかし、規範や型ばかりを強調すると息苦しい。ときには、型から少しはずれてみたいこともある。昔の日本語には、そんな時に便利な言葉があった。

「たち」である。

あの人は、少し変わっている、型からズレているという時に、「そういうたちなんだよ」というと許される。変わっていても「たち」だといわれると、そうか、それなら仕方がないと納得してしまう。実に便利な言葉である。人間関係の摩擦や、ズレをやわらげるための生活の知恵から生まれた言葉だろう。

水木洋子脚本、今井正監督の「キクとイサム」（一九五九年）という映画にこの「たち」が実に効果的に使われていた。

日本人の女性と黒人の米兵との間に生まれた姉弟が、会津の田舎の祖母（北林谷栄）に育てられている。年頃になった姉のキク（高橋恵美子）が、どうして自分の髪は他の子供と違って縮んでいるんだと気にする。すると祖母がいう。「たちなんだから、仕方がない」。

絶妙ないい方である。人種の違いなどとことを大仰にしない。「たち」で片付けてしまう。キクも、そして観客も、これで納得してしまう。

向田邦子はこの「たち」もよく使った。

短篇「ビリケン」(『男どき女どき』)は中年の夫婦の話だが、夫は、せっかちなのかゆっくり歩くということが出来ない。夫についてゆけない妻は「散歩が出来ない人なんだから」と恨みごとをいう。

それでも妻は、

「こればっかりは、たちだから仕方がない」

と夫を受け入れる。

「母は仕事の丹念な人である。

菠薐草《ほうれんそう》一把《わ》洗うのでも、一本一本根本の赤いところから洗い上げ、キチンと揃えて笊《ざる》にならべないと気のすまないたちである」(「隣りの神様」、『父の詫び状』)

「私はせっかちなたちなので、手土産は上る前に玄関先で手渡したいのだが、風呂敷包みをごそごそやっているうちに相手は客間に入ってしまい、機会を失してしまった」

(「寸劇」、『霊長類ヒト科動物図鑑』)

「気が遠くなるほど昔のはなしだが、うちの父は麻雀に凝ったことがある。

凝るとなると毎日しなくては納まらないたちだったから、相手の見つからない日は家族が犠牲になった」(「丁半」、『同前』)

人の欠点や風変りなところを、理屈や感情で荒だてない。「たち」という普通の言葉で、受け入れてしまう。向田邦子の世界が、いつもゆったりとした味わいがあるのも、こんな昔からある言葉を大事にしているからだろう。

古い言葉は、昔ながらの生活に支えられている。祖父母や父母の暮しのなかで使われ、それが子供へと受け継がれてゆく。

無論、言葉は生き物だから、その時代ならではの新しい言葉も必要だし、また、現代のように変化の激しい時代には、新しい言葉でなければ表現出来ないものもある。

ただ、それでもここぞという時に、父母のいませし頃の言葉を使ってみる。宙ぶらりんに見えた現代が、その瞬間だけ、昔とつながり安定する。向田邦子はその魔法を知っていた。

第二章

家族の記憶と食

ゆうべの残りのカレー

向田邦子は現代を生きる女性たちを共感を込めて描き続けたが、その現代のうしろにつねに、父母が元気でいたころの「懐かしい昭和」を浮かび上がらせた。最先端の現代と懐かしい昭和が溶けあったところに向田作品はあった。言葉だけではなく、食に関しても向田邦子は「出来が古い」。

登場人物はどんなものを食べていたか。食の細部を通して向田邦子の世界の魅力を追ってみたい。

テレビドラマ「寺内貫太郎一家」(一九七四、七五年)には毎回のように、一家の朝食風景がある。

東京の下町、谷中の石屋の家庭らしく、一家は卓袱台《ちゃぶだい》を囲む。朝食は、もちろんパンと牛乳ではなく、御飯と味噌汁。昭和の庶民の定番である。

卓袱台の上に御飯と漬物、それに佃煮などが並べられている。長女の静江(梶芽衣子)

が、昆布とシイタケの佃煮を入れた器の蓋を取って、まだ中身がきちんとあるかどうか食事の前に確かめる。

母親（加藤治子）がそれを見てこういう。

「昆布ばかりでしょ。お父さん（小林亜星）が、みんなシイタケ食べてしまうから」

朝のなにげない食卓風景だが、これだけでこの寺内家の家族の仲の良さが笑いのなかで伝わってくる。

佃煮がまだあるかどうか確かめる長女、シイタケばかり食べてしまう父親のことを微苦笑している母親。いつも怒鳴ってばかりいる父親、寺内貫太郎も、佃煮のシイタケ好きということで、大きな子供のような可愛らしさが感じられる。

テレビのホームドラマというと食事の場面があまりに多く、「めし食いドラマ」と揶《や》揄《ゆ》されることが多いが、向田邦子はむしろ、家族の食事のなかに、その家族のありようをうまく表現してみせた。

佃煮のシイタケなど絶妙の使い方である。「寺内貫太郎一家」を演出した久世光彦は『触れもせで』（「ゆうべの残り」）のなかでこんな思い出を書いている。このドラマは食事の場面が多いので、ある時、小道具の人が向田邦子に「献立を明細に指示して欲しい」と注文した。

するとと向田邦子は翌週からト書きに「寺内貫太郎一家・今朝の献立」と銘打って、「鰺《あじ》の干物に大根おろし、水戸納豆、豆腐と茗荷《みょうが》の味噌汁、蕪《かぶ》と胡瓜《きゅうり》の一夜漬け」などと書くようになった。

「なんの変哲もないようで、いかにも日本の朝という感じがある。色が見えるようであり、香りが匂ってくるようである」

なんでもないように見える日本の朝食だが、実はパンと牛乳（あるいはジュース）に目玉焼の洋風に比べれば、鰺を焼くのも、大根をおろすのも、手間がかかっている。味噌汁にしても、だしを取る手間を考えれば、パンと牛乳よりはるかに時間がかかる。

こういう朝食が毎日、卓袱台にのるということは、寺内家の女性たち、母親、長女、それにお手伝いのミヨ子（浅田美代子）が、朝早くから労を惜しんでいないことのあらわれであり、それだけ、寺内家は、家長のどなり声はうるさいものの基本は、なごやかな家族であることがわかる。

向田邦子は「寺内貫太郎一家・今朝の献立」を、寺内家のよき家庭風景として大事にしながら考えたに違いないし、食を愛した向田邦子にとっては献立を考えることは楽しい仕事だったろう。

「朝のシーンの献立を書くために、昔の自分の家の食卓を思い出すのが楽しいと向田さんは言っていた。目をつぶると昭和のはじめの向田家の団欒《だんらん》が見えてくるらしい。種が尽きると、お母さんに電話してメニューを思い出してもらい、そのついでに昔話になるのが楽しいとも言っていた」と久世光彦は前掲書で書いている。

朝食の献立から子供時代の「向田家の団欒」の思い出につながってゆく。食べものが懐かしい思い出をよみがえらせる。

それが可能なのも、寺内家の朝食が、卓袱台での御飯と味噌汁という昔ながらの定番だからだろう。これがテーブルでトーストとコーヒーでは、「昭和のはじめ」との連続性が切れてしまう。

向田邦子は、繰返しいえば、少女時代を過ごした「昭和のはじめ」の中産階級の穏やかな生活を愛し続けた人だが、その懐かしい近過去とつながるためには、昆布とシイタケの佃煮が置かれた卓袱台での朝食は欠かせないものだった。

向田邦子はたかが朝食、とおろそかにしない。寺内一家の母親や長女、お手伝いのミヨ子が、パンの朝食に比べればはるかに手間のかかる御飯と味噌汁を毎朝、卓袱台に並べるように、書き手の向田邦子も献立を考えるのに手を抜かない。

久世光彦によれば、ある時、ト書きに「ゆうべの残りのカレー」とあって、「これにはみんな感心した」という。普通、「ゆうべの残りのカレー」は昼食だろうが、それを朝食に持ってきて意表を突いた。おそらく寺内家では、前の晩か、朝に取り込みがあって、母親や長女も、その朝は、手間をかけられなかったのだろう。主婦のたまの手抜きは愛敬である。

向田邦子には、「カレーライス」と「ライスカレー」の違いについては、前述したように絶妙の定義がある。

「カレーとライスが別の容器で出てくるのがカレーライス。ごはんの上にかけてあるのがライスカレーだという説があるが、私は違う。

金を払って、おもてで食べるのがカレーライス。

自分の家で食べるのが、ライスカレーである。厳密にいえば、子供の日に食べた、母の作ったうどん粉のいっぱい入ったのが、ライスカレーなのだ」(「昔カレー」、『父の詫び状』)

明快にして絶妙。カレーライスとライスカレーの違いに一生懸命こだわるところに向田邦子の良さ、可愛さがある。なぜなら、その違いには、「子供の日に食べた」「母の作った」ライスカレーへの懐かしい思い出が関わってくるのだから。

レストランのカレーライスに比べれば、母の作ったうどん粉のいっぱい入ったライスカレーは上等ではないかもしれない。しかし、そこに、子供時代の記憶、母親の思い出の味が加わることによって、カレーライスよりはるかにおいしい御馳走になる。

向田邦子にとって、食は現在形であるだけではない。いつも、子供時代の思い出と共にある。食によって、父母が元気でいた時代が懐かしく思い出される。子供時代が生きとよみがえることで、食もまたただの日常の食べものから、特別の輝きを持った思い出に変わる。

味醂《みりん》干しがいかにおいしかったかも、子供の時代の思い出と重なるからこそ。少し長いが、感動的な文章なので「味醂干し」（『眠る盃』）を引用したい。

「子供の頃、父が出張したり宴会で遅くなったりして居ない女子供だけの食卓に、よく味醂干しのおかずがついた。

ねずみ色の着物を着て、手拭いを姐様かぶりにした祖母が七輪をうちわであおいでいる。うちわは八百屋ので、白地に下手な茄子やきゅうりが描いてあり、端が焼け焦げていた。そのそばで、幼い私が味醂干しをはがしている。横に三匹、縦に三匹。味醂でペタリとはりついたしっぽを取らないようにはがすのだが、手がすぐにベタベタになり、洋服にこすりつけてはよく叱られた。

茶の間からは母が膳立てをする音が聞えている。祖母は網の上でそっくりかえる味醂干しを白地に藍の印判手の皿にのせ、五、六匹まとまると、私を茶の間へせき立てた。

受取る母は、白い割烹着で、赤くふくらんであかぎれの切れた手をしていた。腕のところに輪ゴムをはめていることもあった。輪ゴムは当時は貴重品だったのだろうか。二度三度と台所と茶の間を往復して、祖母と私はいつも食卓につくのはビリだったが、その代り、口に入れると、ジュウと音のするアツアツの味醂干しを食べることが出来た」。

おむすびの形

食をこんなふうに大事なものとして描き出した向田邦子は、日本の作家では同様に食を大事にした池波正太郎や吉田健一らと並ぶ。遠くは林芙美子を思い出してもいいかもしれない。外食について書くことの多い男性作家と比べ、向田邦子は林芙美子同様、自ら台所に立った人だけに、食の細部が丁寧に描かれ、小市民の生活、さらにいえば親子や夫婦の絆をよくあらわすものとして食を大切に扱おうとしている。ホームドラマを決して「めし食いドラマ」とは見ていない。

以前、名子役出身の女優、二木てるみにインタヴューしたことがある。十代の彼女は、黒澤明の「赤ひげ」（一九六五年）に出演し、その丁寧な仕事ぶりに感嘆した。カメラに映らない引き出しのなかにもきちんと必要なモノが揃っている。それによって演技にいい意味の緊張が強いられた。

「赤ひげ」のあと、二木てるみはテレビのあるホームドラマに出演した。食事の場面でおつゆが出る。そこでスタッフの一人がこんなことをいった。「なんでもいいから、そこらへんのものを入れとけ、飲まないんだからいい」。二木てるみはこのいい加減さに愕然としたという。

同じテレビの仕事をしていても、このスタッフと「寺内貫太郎一家・朝の献立」を丁寧に、そして楽しみながら書く向田邦子との差は歴然である。

向田邦子にとって、食は子供時代、父と母が元気だった「昭和のはじめ」への郷愁になった。

その想いがもっともよく出ているのは、「阿修羅のごとく」（一九七九、八〇年）だろう。谷崎潤一郎『細雪』の現代小市民版ともいうべきこのホームドラマでは、竹沢家の四姉妹――三田村綱子（加藤治子）、里見巻子（八千草薫）、竹沢滝子（いしだあゆみ）、竹沢咲子（風吹ジュン）――がよく集まっては、食の話をする。そして、たいていは、食の話が、子供時代の思い出、父母の思い出につながってゆく。

それぞれ、結婚、独身の差はあるもののもう実家――父親、恒太郎（佐分利信）と母親、ふじ（大路三千緒）が健在――から離れて、独立している。いがみあったり、意見の違いはあったりもするが、基本的には姉妹の絆で結ばれている。実家や、姉妹のだれかの家に集まってはお喋りに花を咲かせる。そこで食の話題になる。

まず、次女の巻子（結婚している）の家庭に、みんなが集まる。「女正月《おんなしょうがつ》」、つまり年始のあいだ忙しかった女性たちがようやく、くつろぐことの出来る一月十五日頃。

正月を飾っていた、だいぶ固くなってひび割れも目立つようになっていた鏡餅を割って細かくし、それを天ぷら鍋で揚げる。金色に揚がった小さな餅に塩をふる。

「これ（鏡餅）、油で揚げて、塩振るとおいしいんだ」という長女の綱子の言葉どおり、格好のお菓子になる。揚餅。決してご大層な食べものではないが、「女正月」にふさわしい、「昭和のはじめ」を思い出させる懐かしい小市民の食べ物である。

そして竹沢家の姉妹たちは、このひび割れた鏡餅を見ながら、戦後、母親の足が冬になるとあかぎれでひび割れていたことを思い出し、それは、食糧難の戦後、母が滋養のあるものは父と子供たちに与え、自分は雑炊しか食べなかったことから来る栄養不良のせいだったと思いいたる。揚餅をいまおいしく食べながらも、戦後の母の苦労を思わざるを得ない。

食の思い出は、そのまま母の思い出、家族の思い出になる。「母のあかぎれ」というものがもう見られなくなった現代、鏡餅のひび割れに、母のあかぎれを重ねる向田邦子の思いは深い。

別の時、姉妹は実家で出前の寿司を食べる。大きな寿司桶をみんなで囲む。父親と母親もうれしそうに娘たちに加わる。

何人もで寿司桶を囲む。自然と、誰が何を食べるかが問題になる。図書館に勤める三女の滝子が、自分はいつも寿司を食べる時に出遅れてしまうと、こんなことをいう。

「あたし、判るな、巻子姉さんとおすし食べると、いつも感心しちゃうもの。とろとかいくらとか、やわらかくておいしいもの、ずーと先、食べてるもの」

「なんのかんのといって、（みんな）しっかり食べてんのよ。あたしどういうわけかいつも、タコとイカばっかしだもの」

四姉妹のなかで一人だけ、男に縁がなく「出遅れている」三女の滝子の言葉が印象に残る。寿司の食べ方が、姉妹の性格にもあらわれているようでユーモアを生む。向田邦子は姉妹に寿司を食べさせながら、姉妹の性格の違いもあらわそうとする。うまい技法である。

娘たちの小さないさかいを、たしなめるように母親がいう。

「そんなことというけど、みんなちゃんと食べたいもの、食べてるわよ」

すかさず、滝子がいう。

「そういうお母さんだってさ、穴子と卵はいつも人の分食べてるもンね」

とろでもいくらでもなく、せいぜい穴子と卵であるところに、母親の慎しさ、遠慮がうかがえてホロリとさせる。家族で寿司を食べるというごく普通の日常的風景のなかに、向田邦子は、この家族のありようを見せる。

揚餅、寿司に続いて、おむすびも登場する。ちなみに向田邦子は、前述したように「おにぎり」ではなく、あくまでも「昭和のはじめ」ふうに「おむすび」と書く。

ある時、また実家に姉妹は顔を揃える。

長女の綱子がいう。

「おむすびつくろうか」

すぐに他の三人も賛成する。四人は台所に行くと「おむすび」を作り始める。そこで「おむすび」の形が話題になる。

三女の滝子が、姉の巻子の「おむすび」の形を見ていう。

「あら、巻子姉さん、三角なの？」

四姉妹の子供の頃、竹沢家では「おむすび」は俵形だった。だから、滝子はすぐ上の姉の巻子が三角むすびを作っているのを見て、いぶかる。さらに長女の綱子の「おむすび」を見ると、たいこ形になっている。

驚く未婚の滝子に、巻子がいう。

「オヨメにゆくと、行った先のかたちになるの」

ここもうまい。「おむすび」をどうにぎるか、その形の違いによって、姉妹のその後の人生の違いをあらわしている。

懐かしい少女時代、四姉妹は竹沢家の娘として、「おむすび」は俵形と思っていた。ところが、他家に嫁いでみると、懐かしい昔とは訣別しなければならない。「おむすび」の形が俵形から三角やたいこ形に変わる。

独身の三女、滝子から見ると、一種のカルチャー・ショックである。女性は結婚すると「おむすび」の形を変えなければならない。おそらくは味噌汁の味や雑煮の味と同じように。女性にとって結婚とは、懐かしい母の料理の味から離れてゆくことでもある。

白菜の漬物

他方では、実家の母から受け継ぐ味もある。

冬のあたたかい日。長女の綱子と次女の巻子は実家に行き、母親と白菜の漬物を漬ける。大きな平ザルに干した白菜を二つ割にし、大樽に漬ける。柚子《ゆず》を切り、鷹の爪（赤とうがらし）を刻んだものを散らす。

おそらくは、母親のふじが、自分の母親か夫の母親から受け継いだ漬け方なのだろう。それを娘たちがしっかりと継承する。

「まな板も、菜切り包丁も漬物樽も、アメ色に古びて、五十年の所帯をうかがわせる」

ここにも、向田邦子ドラマの「昭和のはじめ」との連続性がある。たしかに戦後、日本の社会は変ったかもしれない。とりわけ、高度成長以降、日本の社会は、祖父母や父母の地道な暮しを、古臭いもの、時代遅れのものとして切捨てていった。

向田邦子は、その時代の流れにやんわりと異を唱える。父母の暮しを、子供たちはそう簡単に捨ててしまっていいのか。

母親が作ってくれた家で食べるライスカレー、「女正月」に鏡餅を割って作った揚餅、あるいは俵形の「おむすび」。そうした父母の思い出の残る食べ物こそ、高度経済成長によって激変してゆく時代には、しっかりと記憶すべきではないのか。

その意味では、向田邦子は偉大なる保守主義者である。自分が少女時代を過ごした「昭和のはじめ」こそ、黄金時代、理想郷であるという思いが強い。いまは失なわれたその父母のいた懐かしい時代へ、食を通して戻ろうとする。

ある時、竹沢家の綱子、巻子、滝子の三人は、実家で滝子の恋人（宇崎竜童）と、スキヤキを囲む。

その時、三女の滝子が、じゃがいもをゆでて薄切りにしたものを皿にのせて持ってくる。それを見て、二人の姉が女学生のようにはしゃいで、いう。

「あッ！　じゃがいも！」

竹沢家では、スキヤキにはじゃがいもを入れるのが習慣だったという。スキヤキにじゃがいもを入れるのはかなり珍しいと思うが、長女の綱子はいう。

「これ、入れンのよねぇ。うちのスキヤキ！」

ここでも、食の思い出は家族の思い出に結びついている。大事なのは食の記憶が、家族の記憶に重なり合っていることである。

食べたいものの絵を描く弟

食の記憶は、家族の悲しい記憶につながることもある。

「冬の運動会」の若者、北沢菊男（根津甚八）は、美容院で働く日出子という女性（いしだあゆみ）と親しくなる。

ある時、貧しい家の娘の日出子が、五十代の男にパトロンになってもらっていたことを告白する。なぜそんなこと（いまふうにいえば援助交際）をしていたのか。

日出子は、実家が貧しかったからだと、こんなことを恋人の菊男にいう。

「美容師になれば、うちにお金送れると思ったけど一人で食べてくのでいっぱいなの。おととしの暮、うちに帰ったら末の弟がこたつに入って、絵描《か》いてた……」

小さな弟は、どんな絵を描いていたのか。

「ハンバーグ
エビフライ
トンカツ
すきやき
こんなチビたクレヨンで、食べたいもの、いっぱい描いてるの」

貧しい家の子供が、食べたいハンバーグやエビフライ、トンカツ……を絵にする。昭和三十九年（一九六四）、東京オリンピックで三位となり、のちに自殺したマラソン・ランナー円谷幸吉《つぶらやこうきち》が、死ぬ前に、親類に、送ってもらった食べ物に「美味しうございました」と、ひとりひとりに丁寧に礼をいった悲しい遺書を思い出させる。

向田邦子にとって、食は、家族がまだ家族であった頃の楽しい思い出であると同時に、「おむすび」の握り方が徐々に違ってくるように、姉妹が、成長と共に、いや応なくばらばらになってゆく悲しい現実を思い起させるものにもなる。

いずれにしても「たかが食」の問題ではない。まだ「男子厨房に立たず」の意識の強かった時代にあって、向田邦子は、女性の権利やフェミニズムと大上段に振りかぶらずに、食という女性にとってもっとも本領を発揮できる場をドラマの立ち上がる場とした。食の場面がドラマのつまみ扱いにされている時代に、食こそ、そして食に対する思いこそ、ホームドラマの核になるのだと見据えた。

「寺内貫太郎一家」で、小道具を準備するスタッフから「献立を明細に指示して欲しい」といわれ、まさに喜々として献立を詳細に書き込んでいたのは、食こそが、人間の、とりわけ、家族をあずかることの多かった女性の生きる証しであると深く考え抜いていたからこそだろう。

向田邦子ドラマでは食の場面は、決して場面つなぎではない。それ自身が独立した深い意味を持っている。

誰が、何を、どういうふうに食べるか。通常のホームドラマでは「なんでもいいから、そこらへんのものを入れとけ、飲まないんだからいい」となってしまうところを、向田邦子は「ゆうべの残りのカレー」ときちんと指示した。

結婚や死、あるいは性。人の営みは、さまざまに語られる。その時、向田邦子は食という誰もが日常的に知っていながら、多くの人が大事と思わなかった営みに着目した。そこに向田邦子の新鮮さがあった。

たくあんの音

向田邦子のドラマでは食の場面が大事にされる。たくあんのような、なんでもないものも大切に扱われる。

たとえば「阿修羅のごとく」で、竹沢家の四姉妹の三女、図書館で働く滝子（いしだあゆみ）の恋人となった、興信所に勤める勝又静雄（宇崎竜童）が、滝子とその父親、恒太郎（佐分利信）と三人で食事をする場面。

どんな男でも恋人や妻の父親は苦手なもの。一緒に食事をするとなれば緊張せざるを得ない。向田邦子はそこでたくあんを効果的に使った。あの噛む時に出る音である。

どんな具合か。脚本から引用してみる。

恒太郎、滝子、勝又が夕食。

恒太郎は、ゆったりと箸を動かしているが、滝子は意識して固くなっている。

勝又は極度に緊張している。
三人、無言で、黙々と食べる。時々、皿小鉢のふれ合い。
勝又、たくあんを嚙む。
バリバリと大きな音がしてしまう。
勝又「あ――どうも」
滝子「あ……」
恒太郎「いやあ……」
声とも言葉ともつかないやりとり。
勝又、音を立てまいとして、気をつかって、そっと嚙む。
かえって、ボリッと大きな音を立ててしまう。

場面が目に浮かぶ。身の置きどころのない勝又。恋人の思わぬしくじりに驚く滝子。二人の様子にかえって困惑する恒太郎。思わず笑ってしまう場面。たくあんの音ひとつで、向田邦子は絶妙な場面を作り出す。三人の人柄まで出ている。たくあんの音は「蛇蠍《だかつ》のごとく」（一九八一年）でも使われている。

古田家の朝食風景である。

父親の修司（小林桂樹）、母親のかね子（加藤治子）、雑誌社に勤める娘の塩子（池上季実子）、高校生の高（横山政幸）の四人が食卓を囲む。いつもなら平和な家庭の朝食風景だが、塩子が妻のいる男（津川雅彦）と恋愛をしていることが明るみにでてしまった朝なので、みんな気まずい思いをしている。会話も弾まない。

天気の話などになるものの会話はすぐに終わり、またしいんとしてしまう。その時、高校生の高がたくあんを嚙む音がする。「バリバリと大きな音」がしてしまう。いかにも間が悪い。高は困ってしまい、音のしないようにたくあんをしゃぶるように食べる。

それを見て父親の修司が怒り出す。

「なにやってンだ、お前は」「年寄りじゃあるまいし、いい若い者が、タクアン、歯の土手で、しゃぶる奴があるか！　タクアンてのは、食うとき、音が出るんだよ、バリバリバリバリバリバリ、遠慮しないでやれ！」

高に八つ当りしている。仕方なく高はバリバリと音たててたくあんを嚙む。母親と塩子は黙っているしかない。

平穏な家庭が、娘の不倫によって動揺している様子がたくあんの音ひとつであらわされる。実にうまい。この日の朝食は四人ともさぞまずく感じられたことだろう。

たくあんといえば「寺内貫太郎一家」のにぎやかな食卓では、たくあんはひと切れだけだと「人を斬る」に通じ縁起が悪いし、三切れだとこれも「身を斬る」になってしまってやはり縁起が悪いから、ふた切れがいいという面白い会話がなされている。たくあんを何切れ食べるのがいいか。こういうところにも向田邦子は細かく神経を使っている。

息子の周平（西城秀樹）が「そういうのは古い」というと、父親の貫太郎（小林亜星）が珍しく穏やかに「昔の古い言い伝えも捨てたもんではないぞ」といい、母親の里子（加藤治子）も「そういう古いこと好きよ」と受ける。日本の昔からの言葉や古い言い伝えを大事にしようとする向田邦子の姿勢がよくあらわれている。小津安二郎監督の「麦秋」（一九五一年）では、結婚を決めた原節子が、兄嫁の三宅邦子と、たくあんの切り方の話をするが、向田邦子は、もしかしたら、「麦秋」を意識していたのかもしれない。

鍋のぬくもり

『眠る盃』（「国語辞典」）のなかに「子どもは母親からことばを覚えます」とあるが、同じように子供は母親から食の知識や作法などを学んでゆく。ときには父親からも学ぶ。

「毛糸の指輪」（一九七七年）は老境に入った男、宇治原有吾（森繁久彌）が町で偶然知り合った女の子、丸根清子（大竹しのぶ）を娘のように可愛がる話。

ある時、有吾は家庭に恵まれていない清子を家に招く。妻のさつき（乙羽信子）も歓待する。三人でおでんの鍋を囲む。

若い清子は盛大にぱくつく。次はどれにしようかなと箸を鍋の上で動かす。それを見て有吾が注意する。

「あ、それそれ。それはね、迷い箸といって、一番お行儀が悪いんだ」

さらに、

「それから——ハシのほうまでベタベタに汚してるのもよくないねえ」

親がいなかったという清子は、こういう食事の簡単な作法を学ぶ機会がなかったのだろう。はじめて聞いたらしく、素直に有吾のいうことを聞く。

清子は老夫婦の家へ遊びに来るようになる。有吾の庭仕事を手伝ったりする。さつきには包丁の使い方を習う。ある時は、さつきが白菜を漬けるのを手伝う。

家庭で白菜を漬ける光景が懐かしい。

近年はあまり見られなくなったが、昭和三十年代にはどこの家庭でもよく見られた。

昭和三十七年（一九六二）に作られた成瀬巳喜男監督の「女の座」では、東京の世田谷あたりに住む主婦の高峰秀子が、姑の杉村春子と一緒に庭先で白菜を漬ける。井戸のところに白菜を並べ、ひとつひとつ丁寧に樽のなかへ漬け込んでゆく。母親と嫁の共同作業になっている。

「毛糸の指輪」の、親のいない若い娘、清子は白菜を漬けるさつきを手伝いながら、新鮮な思いをしていることだろう。さつきは清子にとって母親の役割を果している。

白菜漬けは前述したように「阿修羅のごとく」にも登場した。長女の綱子（加藤治子）と次女の巻子（八千草薫）が冬の一日、実家に行き、母親のふじ（大路三千緒）が白菜を漬けるのを手伝う。

「洗い上げて、大きな平ザルに干した白菜を二つ割にして、大きなタルに漬け込む。あねさまかぶりかっぽう着のふじ。

まな板も、菜切り包丁も漬物樽も、アメ色に古びて、五十年の所帯をうかがわせる」

母親が漬け込んだ白菜の上に、二人の娘が細かく切った柚子と鷹の爪を散らしてゆく。母と娘が一緒になって白菜を漬ける。この竹沢家では、娘たちが小さい頃から行なわれているのだろう。

手伝いをすることで娘たちは母親からいわば「家の食文化」を学び、受継いでゆく。このあたりも日常生活のなかの古いものを大事にしようという向田邦子の思いが込められている。

「阿修羅のごとく」は平成十五年（二〇〇三）に森田芳光監督によって映画化されたが、森田監督はこの場面をみごとに再現してみせた。白菜を漬ける母親（八千草薫）を四人の娘（大竹しのぶ、黒木瞳、深津絵里、深田恭子）が手伝う。この時ばかりは、成長した娘たちが昔に返っている。

「毛糸の指輪」で若い娘の大竹しのぶに食の作法を教えた森繁久彌は「だいこんの花」では、息子の婚約者のいしだあゆみに、台所仕事を教える。

妻に先立たれた永山忠臣（森繁久彌）は元海軍大佐で、「男子厨房に入らず」の世代だが、意外なことに台所仕事が好き。出版社に勤める息子の誠（竹脇無我）と二人暮しだが、食事は父親の担当。

今朝も、かつお節をかくなど朝食の準備に忙しい。男がかつお節をかく。これも懐かしい光景で、たとえば昭和三十一年（一九五六）に作られた小津安二郎監督の「早春」では、宮口精二が、妻の杉村春子のそばでかつお節をかく場面がある。かつお節かきは昔、男が出来た数少ない〝台所の手伝い〟で、男の子もよく母親にいわれてかつお節をかいたものだった。

忠臣は納豆を用意する。ところが葱《ねぎ》が見当らない。「たしか一本あったと（思ったんだがねえ）」。誠が夜中にインスタント・ラーメンに入れて食べてしまったという。

忠臣はがっかりする。「一寸《いっすん》ぐらい残しときなさいよ。え？　葱入れない納豆なんてものは」。

元海軍大佐が葱と納豆にこだわるところが微笑ましい。戦争が終って平和な時代になっている証しでもあるし、妻に先立たれて息子と二人で暮している男世帯の食卓も想像できる。ドラマの冒頭のこの父と子のやりとりだけで、親子の仲の良さもわかる。

ちなみに小林竜雄『向田邦子の全ドラマ――謎をめぐる12章』（徳間書店、一九九六年）によると、昭和四十五年（一九七〇）の十月に始まった「だいこんの花」が新鮮だったのは「父と息子の話」だったからだという。

「その頃の〝ホームドラマ〟は『肝っ玉かあさん』（TBS）が代表するような母親中心のドラマが全盛だった。

そんな中で『父と息子の話』というのは異色であった。それが結果的に好評を博したのは、父と息子というぶっきらぼうな男たちが時折見せる相手への思いやりが視聴者には新鮮に見えたからだろう」

しかも、その父親が料理好きというのだから格別に新鮮に見えたことだろう。父親は息子のために食事を作ることで母親の役割を果していたらしい。

若き日の向田邦子が脚本を書いたラジオ番組「森繁の重役読本」に、奥さんが作るアユの蓼酢《たでず》のような凝った料理よりも納豆や里イモの煮っころがしのほうがいいという、小津安二郎監督の「お茶漬の味」（一九五二年）を思わせる一篇があるが、向田作品の食卓は圧倒的に和食、それも料理屋で出すような大仰ではないものが多い。

「だいこんの花」の森繁久彌演じる元海軍大佐、永山忠臣はとくに和食党。やはり、親から受継いでゆく料理となれば和食のほうが合っているからだろう。

息子の誠が、まり子（いしだあゆみ）というホステスを好きになり、婚約する。まり子は家庭環境が複雑で、甲斐性のない父親（大宮敏充）と受験生の弟（三ッ木清隆）のために稼がなければならず、ホステスになった。

まり子が、母親から家事を満足に習っていないと知ると、忠臣は早速に台所仕事、料理、さらには買い物の仕方まで教えはじめる。そういう時の忠臣は生き生きとしてくる。

まり子が豆腐を買って、急いで帰ってくるとすかさず〝授業〟が始まる。

「あーあ、お豆腐はもっとそっと……。豆腐買いにゆくときは、いいですか、行きはどんなに急いでもいい。かけ出してゆきなさい。その代り、帰りは、ゆっくり……そおっと、帰る。これが常識じゃないの」

味噌汁の実にする大根の千六本の切り方についてもうるさい。

「もっと軽やかにトントントントン」「ね、左手の爪、スレスレのとこを」と付きっきりで〝指導〟する。まり子が「うち、おみおつけの実は、『いちょう』に切ってたんです」といっても、「永山家は、大根のおみおつけは千六本と決ってるの」と耳を貸さない。

さすがに息子の誠が「切り方なんて千六本だろうといちょうだろうと、腹ン中へ入っちまえば同じだろ」と口を挟んでも「お前はあっちいってなさいよ。ノコノコ台所へ出てくる男は出世しないぞ」とにべもない。

まったく困ったお父さんだが、もちろん善意でしているから憎めない。まり子も、老人に逆らっても仕方がないので、はい、はいと言うことを聞いている。

それによいシイタケの見分け方など役に立つことも教えてくれるから、まり子も無視は出来ない。

男が台所仕事にこだわる。まだ男性中心社会だった一九七〇年代にこれはかなり異色で、新鮮だったのではあるまいか。

正月の荒巻は切り身ではなく一本で買う。味噌汁の煮干しは前の日の夜に水に漬けておく。この「だいこんの花」、料理談義でもっているといってもいいほど。

息子の誠はさすがにうんざりして「お父さんはねえ、食いもののこと言いすぎるよ。大の男がさ、一食ぐらい何食ったっていいじゃないか」と父親に文句をいうが、その誠だって、まり子と二人だけでスキヤキを食べる時に「誠さんとこのスキヤキ、どうするの？」と聞かれ、うれしそうに「うちはね、鍋あつくするだろ。それから、肉の脂で鍋焼いてね、肉入れて……それから合わせといたタレを少しずつ入れながら煮るやつ」と説明する。

ここでも食は家族の記憶と共にある。誠は亡き母親が教えてくれた食べ方を思い出している。まり子のほうも、「うちはね」と始める。「うちはね、肉の脂とかして肉入れるとこまでは同じだけど、そのあとお砂糖ふりかけるの」。

二人は食の話題で盛り上がっている。それぞれの家庭の記憶が恋人たちをなごませている。向田邦子にとって料理はどんな料理でも、過去とつながっている。スキヤキひとつに家庭の記憶が沁みこんでいる。またそうだからこそ、好んで昭和の小市民が日常的に食べていたものを大事にドラマのなかに入れてゆく。

繰返される食事は家庭の絆を日常的に支えている。とくに「毛糸の指輪」のおでん鍋のように、ここぞという時に出される鍋ものはみんなひとつの鍋を囲むだけに、現代の「個食」とは対照的な人のぬくもりを感じさせる。

「冬の運動会」の北沢家の長男、菊男（根津甚八）は居心地の悪いわが家に居たがらず、町の靴屋に出入りするようになる。靴屋の夫婦（大滝秀治、赤木春恵）に息子のように可愛がられる。擬似家族であり、菊男はいわば「通いの息子」である。

その靴屋夫婦と三人で楽しそうにモツ鍋を囲む。「菊男ちゃんとこなんざさ、こんなモツなべなんか食わねえンだろなあ」「そりゃ、ロースのスキヤキよォ。ねえ」という靴屋夫婦のやりとりを聞きながら菊男はいう。

「うちなんか、家族揃ってワイワイ鍋突つくなんてこと、ないもンな」

家族で鍋を囲む。それが小市民の幸福の象徴になっている。昭和二十六年（一九五一）に作られた小津安二郎監督の名作「麦秋」で、長く結婚にゆき遅れていた間宮家の娘、原節子がいよいよ結婚することになる。嫁いでゆく彼女を囲んで、両親（菅井一郎、東山千栄子)、兄夫婦(笠智衆、三宅邦子)とその子供たちが、一家でお別れの食事をする。そこでの食事はスキヤキ。みんなで鍋を囲む。笑顔がこぼれる。鍋を囲むことで一家に幸福な一体感が生まれる。向田邦子はこのことをよくわかっていた。

個食の時代へ

逆に家族が壊れてしまうと、みんなで鍋を囲むこともなくなる。寂しい食事風景になる。短篇小説「胡桃《くるみ》の部屋」(『隣りの女』)に印象に残る寂しい食事風景が描かれている。

薬品会社に勤めていた父親が、突然、家族を捨てて家を出てしまう。蒸発である(のちに、鶯谷《うぐいすだに》あたりで小さな飲み屋の女性と暮していると分る)。長女の桃子は出版社で懸命に働き、残された母親と、まだ学生の弟、妹のために青春を犠牲にする。

弟の研太郎が大学に合格した時、桃子は弟に夕食をおごる。ステーキ・ハウスに入る。弟はハンバーグを注文する。桃子は以前、デパートの食堂で工員風の父親が、ハンバーグの目玉焼の黄身のところを四角く切って中学生の息子にあげていたことを思い出す。

そして、その父親に倣って、黄身のところだけ切って弟の皿にのせる。

壊れてしまった家族には、もう鍋を囲む幸福は訪れないかもしれない。しかし、家族のためにがんばっている姉として、弟の大学入学を祝い、一緒に食事をし、ハンバーグの黄身のところをあげることは出来る。姉の切ない愛情である。

しかし、やがて姉の愛情は悲しいことに裏切られてしまう。残された家族は、自分を中心になんとかまとまっていると思い込んでいた桃子は、ある時、それが自分だけの幻想だったと思い知らされる。

大学生になった研太郎は家を出るといい出す。父親と同じように。いよいよ家が壊れる。怒った桃子は、話をつけようと大学で待ち伏せして研太郎をつかまえ、校門前のレストランに入る。

そしてハンバーグを二つ注文する。目玉焼を添えたハンバーグが運ばれてくる。すると研太郎は以前、桃子がしたように黄身のところを四角く切って、桃子の皿の上にのせる。まるで借金を返すかのように。弟にとっては、姉の愛情などうっとうしいものでしかなかったのである。

残酷な話である。向田邦子は一方で「寺内貫太郎一家」のような、喧嘩しながらも仲のいい家族を描きながら、他方では、家族が解体してゆき、もうみんなで鍋を囲むこともない「個食」の時代を見すえていた。

向田邦子がホームドラマを書くようになった一九七〇年代から八〇年代は、家族の解体（離婚する夫婦の増大）が見られるようになった。アメリカ映画は当時、「結婚しない女」（一九七八年）、「マンハッタン」（一九七九年）、「クレイマー、クレイマー」（一九七九年）……など続々と、離婚ものを作っていた。向田邦子はそうした「個食」の時代に敏感だった。一方で、鍋を囲む家族を描いた向田邦子が、次第に「個食」の家族を描いてゆく。時代の変化を、食であらわす。ここにも向田邦子の巧みさがある。

「胡桃の部屋」のハンバーグの黄身の印象は鮮烈である。向田邦子作品における印象的な食をあげよといわれたら、「阿修羅のごとく」のみんなで食べる幸せな揚餅の隣りに、このハンバーグの黄身を置きたくなる。

自身、ひとり暮しだった向田邦子は「個食」の時代が始まっていることを強く感じていたからこそ、あれほど、「父母のいませし頃」の家族で楽しんだ食事風景を懐かしく思い出したのではないか。

子供の頃に食べたおこげや海苔巻の端っこがいかにおいしかったか。お八つの英字ビスケットがいかに楽しみだったか。子供たちはいかにカン詰が好きで、鮭カンの骨のところを奪い合ったか。

一九七〇年代から八〇年代の飽食の時代にあって、向田邦子は、決して贅沢な食べものではなく、おこげ、海苔巻の端っこ、鮭カンの骨、といったささやかだが魅力的な食べものを懐かしく思い出していった。

どれも、小市民の幸福な食卓という家族の記憶こそが最高の味付けだった。向田邦子にとって食とは、つねに家族の記憶と共にある。のちのバブル経済期に見られた美食家たちとはまったく違う。ずっとしっかりと地に足を付けている。そして、実は、そういう向田邦子のほうが、フレンチがどうのイタリアンがどうのといっている、にわかグルメよりもはるかに大人で、粋である。

名随筆集『父の詫び状』（「ごはん」）のなかに、家族の記憶で味付けされた最高の「おもいでの食」が書かれている。

昭和二十年三月十日の東京大空襲の夜。当時、東京の目黒に住んでいた向田家は、なんとか難をのがれた。翌朝、父親は、このぶんでは次の空襲では必ずやられる。「最後にうまいものを食べて死のうじゃないか」といい出す。

母親は取っておきの白米を釜いっぱい炊き上げる。「私」は埋めてあったさつまいもを掘り出し、そして、取っておきのうどん粉と胡麻油で精進揚をこしらえる。この時代、

「魂の飛ぶようなご馳走」である。父親としては、最後の晩餐の思いだったのだろう。

「戦争。

家族。

ふたつの言葉を結びつけると、私にはこの日の、みじめで滑稽な最後の昼餐が、さつまいもの天ぷらが浮かんでくるのである」

向田邦子は決して、食を食だけでは語らない。グルメ談義などしない。向田邦子が食を語るときは、いつもそのうしろに、家族の記憶がある。

第三章

「向田家の父」と「昭和の父」

昭和の父

向田邦子の作品のなかでいまもとりわけ読者に愛されているのは、亡き父親の思い出を中心としたエッセイ集『父の詫び状』ではないだろうか。

昭和五十一年（一九七六）二月号の「銀座百点」で連載が始まり、五十三年の六月号まで続いた。二年以上続いたのは、好評だったためだろう。

連載が終わった年の十一月には文藝春秋から単行本にまとめられた。初のエッセイ集で、テレビドラマの脚本家から作家への転身の第一歩になった。

連載時と各篇の配置が変えられ、父親の思い出を語った「父の詫び状」が、連載時では第十七回だったのに、単行本では冒頭に置かれ、題名も「冬の玄関」から「父の詫び状」という絶妙なものに変わり、それが本の表題になった。その結果、父親の思い出を語るという特色がはっきりとした。

『父の詫び状』は、娘が亡くなった父親を懐かしさを込めて語るというところに良さがある。それまでも、作家の娘が父を語るという試みはあった。父露伴を語る幸田文、父鷗外を語る森茉莉、父犀星を語る室生朝子、あるいは父朔太郎を語る萩原葉子。

彼女たちの父親はいわば文豪という特殊な存在である。それに対して向田邦子の父親は、市井の小市民だった。それまで、普通の父親を娘が語るという作品はほとんどなかったといっていい。

向田邦子の『父の詫び状』は、市井の普通の父親、それも、現代日本の大多数を占めるサラリーマンを描いた。そこに新しい良さがあった。その背景には、大正末から昭和にかけて、東京をはじめとする大都市の郊外住宅地に住み、市中の会社に通うサラリーマンという中間層が登場したことがある。

昭和のはじめに作られた小津安二郎監督のいわゆる小市民映画「生れてはみたけれど」(一九三二年)などに描かれたサラリーマン家庭である。

それまでの大家族とは違う。父親と母親と子供たちだけの新しい家族で、郊外の住宅地に住む。父親は市中の会社に通い、母親は専業主婦。両親ともに子供を可愛がり、子供の教育に熱心になる。家族というより家庭である。

向田邦子のドラマでは、しばしば家族が卓袱台《ちゃぶだい》で食事をするが、卓袱台というものが普及してゆくのも、こういう新しい家族が登場する大正末から。それまでの大家族では、銘々の膳で、卓袱台はなかった。家族そろってひとつの卓袱台につく。その形は、封建主義の時代から一歩、進んだものだった。

『父の詫び状』で描かれる向田家は、まさに卓袱台の似合う昭和の小市民の新家庭だった。この家族の形は、昭和二十年の敗戦のあとも続き、昭和三十年代まで残った。

『父の詫び状』が多くの読者に愛され、いまも読まれ続けているのは、そこに昭和の小市民家庭の原型がくっきりと描かれているからだろう。多くは中産階級である読者は、向田家にわが家を重ね合わせることが出来る。そこに親しみと、同時に、卓袱台のある暮しが消えつつある現代にあっては、深い懐かしさを感じる。

向田邦子の描く父親は、「向田家の父」であると同時に、普遍的な「昭和の父」になっている。その点では、小津安二郎映画における笠智衆や佐分利信演じる「昭和の父」と重なり合う。

会社人間

向田邦子の父、向田敏雄は明治三十七年（一九〇四）十一月二十八日生まれ。期せずして向田邦子と誕生日が同じ。生まれがどこかは判然としていないようだが、母親の故郷石川県の能登島という小さな町で育っている。

石川県の七尾高等小学校を卒業したあと、上京し、おそらくは何らかの紹介があったのだろう、大正六年（一九一七）に、大手の保険会社、第一徴兵保険株式会社（のちの東邦生命、現ＡＩＧエジソン生命）に給仕として入社。以後、昭和三十六年（一九六一）に停年退職するまで約四十年をこの会社ひと筋に生きた。

昭和の典型的サラリーマンである。昭和三年（一九二八）に下町娘の岡野せいと結婚。昭和四年に、東京・世田谷で邦子は長女として生まれる。父はその後、宇都宮に転勤。支部長の次席として働き、ここで長男の保雄、次女の迪子《みちこ》が生まれている。三女の和子は遅れて昭和十三年（一九三八）に東京で生まれている。

父親は会社人間だった。会社のためにまさに滅私奉公した。そのために家族にしわ寄せが来ることが多かった。

エッセイ集の冒頭に置かれた「父の詫び状」は、会社人間だった父親のために娘が苦労した思い出が語られている。父親は転勤が多かった。終戦後、仙台支社にいた頃のこと。娘の邦子は、東京の大学（実践女子専門学校）に通うため、親もとを離れ、弟と共に、東京の麻布《あざぶ》市兵衛町《いちべえちょう》（永井荷風の偏奇館のあったところ）の母方の祖父宅に寄宿し、正月や夏休みなどに仙台の両親のもとに帰った。家に帰ると父の接客の手伝いなどでよく働いた。

「新円切り換えの苦しい家計の中から、東京の学校へやってもらっている、という負い目があり、その頃の私は本当によく働いた」

「負い目」という言い方に長女らしい責任感が感じられる。

当時、父親は仙台の支店長。部下をねぎらうためによく彼らを家に招《よ》んだらしい。戦後の混乱期で、まだ外食が自由に出来る環境はない。支店長宅が接客の場になる。何人も客がくる。家族にとっては当然、負担になる。

長女の「私」は、働くことは苦にならなかったが、酔っ払いの世話は嫌だったという。

「仙台の冬は厳しい。代理店や外交員の人たちは、みぞれまじりの風の中を雪道を歩いて郡部から出て来て、父のねぎらいの言葉を受け、かけつけ三杯でドブロクをひっかける。酔わない方が不思議である」

支店長である父親としては、冬の寒さのなか仕事で駆けずりまわっている外交員たちの労をねぎらいたい。愛想よくドブロク（まだ酒も出回らない時代である。ドブロクは母親が人に教えられ見よう見真似で作った）をみんなに振舞う。部下に気っぷのいいところも見せたかっただろう。

しかし、部下たちは酔っ払えば粗相もしでかす。吐く。その吐瀉物が玄関の敷居のところに凍りついている。

母親がその掃除をしているのを見かねて、「私」がとって代わる。このあたりにも長女の責任感が感じられる。会社人間で、会社のことを家庭に持ち込み、家族に迷惑をかけている父親に文句もいわずに働いている母親への、娘としてのいたわりもある。

それでも、客の吐いたものを掃除しているうちに怒りがこみあげてくる。

「保険会社の支店長というのは、その家族というのは、こんなことまでしなくては暮してゆけないのか。黙って耐えている母にも、させている父にも腹が立った」

無論、学生の身で、まだ実社会での苦労を知らない「私」は、父の思いを正確にはわかっていない。一般に職住分離のサラリーマンの場合、父親が会社でどんな苦労をしているかは、家族には、とりわけ子供にはわからない。

だから「私」は、娘が酔払いが吐いたものを掃除しているのに「悪いな」とも「すまないね」との言葉もかけない父親に腹を立てている。しかし父親が、娘を見て気持を動かされなかった筈はない。

東京に戻った「私」のところに手紙が来る。いつものように、しっかり勉強するように、というあとにひとこと、こうあった。

「此の度は格別の御働き」

そして「それが父の詫び状であった」と結ばれるのだが、このエッセイが素晴しいのは、父親と娘の明らかな愛情がべたつかない形で表現されているところ。父親は、娘に口に出して「すまない」とはいえないが、心のなかでは感謝している。それを言葉にするのは、照れ臭い。それで手紙を出す。「寺内貫太郎一家」では、下町の家族のあいだで日常的にポンポンとホンネが飛び交《か》うが、中産階級の小市民の家庭では、実は親子のあいだ、夫婦のあいだではそんなにホンネの会話はなされない。小津映画を見てもわかるようにむしろ大事なことほど口にはしにくい。早い話が、昔の日本の夫婦のあいだで「愛している」などという言葉が交わされることはまずないだろう。

照れもあるだろうし、大事な心情こそ様式化して客観化するのが生活の知恵にもなっている。父からの詫び状が効果的なのは、「ありがとう」でも「悪かった」でもなく、堅苦しく「此の度は格別の御働き」で終っているところにある。娘に対してきちんと改まって接している。大学生の娘を大人扱いしているし、父と娘のあいだにも様式を大事にしている。

様式や型というものがなくなってしまった現代から見て、この父親に親しみと懐かしさを感じるのは、ここぞという時に、ありきたりの言葉ではなく、改まった言葉で様式、型を踏むからである。

子供想い

『父の詫び状』の中で、向田邦子は父親の欠点も正直に書いている。「せっかち」「こらえ性のない」「癇癪持ち」。「寺内貫太郎一家」の小林亜星演じる貫太郎の「怒りっぽい」ところは、父親をモデルにしているともいう。確かに『父の詫び状』の父親は怒りっぽい。暴君のようなところもある。

酒好きで、娘に燗をさせるがもたもたしていると「遅いぞ！」と怒鳴る。家族で写真を撮る時に、小学五年生の「私」が鼻のおできが気になってベソをかいていると「お前の鼻を写すんじゃない」と怒鳴る。

家のなかでは特別扱いされるのが好きで冬の朝の洗顔の時、子供たちは湯タンポの残りの湯を使うが、父親は特別に湯をわかしてもらう。四人の子供がいながら、ただの一度もおむつを取り替えたことがない。

確かに、父親は娘から見て欠点があるかもしれないが、「昭和の父」として見れば、この程度のことはどこの家の父親でもあたりまえだったのではないだろうか。ことさら「怒りっぽい」「癇癪持ち」とは思えない。

向田邦子が、父親を「怒りっぽい」と書くのは、あまり親自慢をしたくない、いくつかの欠点を書いたほうがいい、と判断し、必要以上に欠点を大きく書いているからではないだろうか。

実際、『父の詫び状』を読めば誰でもわかるように、この父親は大変な子供想いである。昭和の小市民の家庭の大きな特色のひとつは親が子供を大事にしたことにあるが(有識無産の新しい中産階級にとって子供は貴重な〝財産〟だった)、向田邦子の父親も子供を大事にしている。

二歳違いの弟が五歳の時、父親は子供に自分で釣った鯉や鮒の泳ぐところを見せたいと庭に池を作った。汗だくになってシャベルを振るい、かなり大きな穴を掘ってセメントで固めた。手仕事が不器用だったという父親としては大奮闘である。はじめての男の子を喜ばせたいという一心だろう。

ところが、セメントがやっと乾き、水を張ったとたんに、弟が池に落ちて大きなコブを作ってしまった。父親はそのために苦労して作り上げた池をその夜のうちに埋めてしまった。

いかに子供を大事にしていたかがわかる。

弟が、ある時、「口の天井」（うまい、いい方！）に焼き海苔を張りつけてしまい、朝の食卓でひと騒動になった時には、「もう、子供に海苔は食べさせるな！」と怒鳴ったこともある（「海苔と卵と朝めし」、『夜中の薔薇』）。それ以降、子供は焼き海苔を食べさせてもらえなくなった。

父親の怒りっぽさは、子煩悩の裏返しだったことがわかる。

下の妹の和子が、庭仕事をしている庭師の落とした植木鋏であやうく目を怪我しそうになった時も「大変だ！　和子が目をやられたぞ！」と大騒ぎになる。

もっとも父親は騒ぐだけで何も出来ず、娘を横抱きにして隣りの外科医院に駆け込むのは母親のほうなのだが（「身体髪膚」、『父の詫び状』）。

無論、父親は長女の邦子も大事にしている。『父の詫び状』には、子供を想う父親の気持がよく出ている泣かせるエピソードがある。

昭和十七年(一九四二)、父親は高松から東京に転勤になる。それにともない娘の「私」は、東京の目黒高等女学校の編入試験を受けることになるが、あいにく試験日が盲腸の手術の直後とぶつかってしまい、体操は免除してもらうようあらかじめ学校に頼んでおいた。

その試験の朝、こんなことがあったという。

「試験の朝早く、母は隣りで寝ている父が、脂汗をかきひどくうなされているのに気づいて、揺り起した。父は私の編入試験の夢を見ていた。あれほど頼んだのに、私は体操が免除にならず、走ってみなさいといわれている。父は飛び出して、

『この子は病み上りだから、代りに走らせてもらいたい』

と願い出て、編入試験を受けるほかの女学生の中にただ一人まじって、スタートラインに立ったという。ピストルが鳴って走り出したのだ。が、足に根が生えたのかどう焦っても足が前に進まない。七転八倒しているところを母に起されたというのである」

試験を受ける本人ではなく、父親のほうが試験を心配して悪夢にうなされる。子煩悩というか、父性愛というか。これだけ心配されていれば娘も幸せだろう。

向田邦子が、父親を「怒りっぽい」人と、その欠点をよく書いたのは、父親に愛されていたことの照れ隠しもあったのではないか。

『眠る盃』（「父の風船」）には、こんな思い出も記されている。

小学生の頃、「私は、紙風船を作る宿題が出来なくて、半泣きであった」。数学の授業で、球形は沢山の楕円形から成り立っていると教えられ、その例として、紙風船を作る宿題が出た（あとで、それは「私」の思い違いとわかるのだが）。

当時はまだ質のいい接着剤などないから、子供が紙風船を作るのは難しい。ついにべソをかきはじめた。

それを見て父親は「もう寝ろ」と怒鳴った。

次の朝、起きると、食卓の上に紙風船がのっていた。

娘が眠ったあとに、不器用な父親がなんとか奮闘して紙風船を作り上げたのである。

なんと、いい父親ではないか。怒るのは、ここでも子煩悩ゆえであることがわかる。

会社人間の父親は同時に、家庭人間でもある。戦前の昭和は、「家庭」が「国家」の重圧にさらされた不幸な時代だが、向田家では父親が、まだなんとか、家庭の幸福を守ろうとしている。

向田邦子が目黒高女の編入試験を受けた昭和十七年（一九四二）といえば、前年に太平洋戦争が始まっているが、そんな時代でも、父親は娘の受験のことを心配している。

おそらくは、大正時代に青春を送った父親は大正デモクラシーの洗礼をどこかで受けているのだろう。「国家」優先の明治の父親とは違う世代である。

『父の詫び状』では、怒る父より優しい父のほうがはるかに多く思い出されている。娘が、小市民だった父親のことをこんなにもよく思い出し、その思い出を懐かしく語ったのは、向田邦子がはじめてではないだろうか。

ありきたりの父親

高島俊男は『メルヘン誕生』のなかで書いている。

「その（向田邦子の描く）お父さんというのは、なにも特別のお父さんではない。敗戦のころまでは日本じゅうどこにもいた、一番ふつうのお父さんである」

「そういう一番ふつうの父親像は、従来の文学作品に出てこなかった。それはそのはずで、そんなありきたりの人物では文学作品にならない。それが日本の文学の常識だった」

「ところが向田邦子の食べもの随筆（『父の詫び状』のこと）は食べものが主役なのだから、人物はなにも特異な人物である必要はない。まじめに働き、家族を守り、妻や子に弱みを見せず、無口で威厳があってこわい、そういうありきたりの父親でじゅうぶんである」

向田邦子は、高島俊男のいう「そういうありきたりの父親」を描いて新鮮な魅力を読者に与えた。前述したように、向田邦子の子供時代、昭和のはじめは、「そういうありきたりの父親」、つまり小市民と呼ばれる中産階級の父親（多くは会社員）が、広く日本社会のなかに出現した時代だった。だから、向田邦子が自分の父親のことを書けば、それがそのまま「昭和の父親」のことになるという普遍性があった。

また、向田邦子が社会に出て働くようになった戦後社会は、その民主主義の理念から、娘が、強く立派な特別の父親ではなく、「そういうありきたりの父親」を描いてもおかしくはない社会になっていた。その意味でも、向田邦子は、「そういうありきたりの父親」を描けるようになった最初の世代だということが出来る。いや、今日、「そういうありきたりの父親」のイメージが崩れていることを考えると、最初の世代であると同時に、最後の世代であるともいえるかもしれない。

手元の『向田邦子ふたたび』（「文藝春秋」臨時増刊、一九八三年八月）に、昭和十年（一九三五）に撮影された、六歳くらいのおかっぱ頭の向田邦子と父親との写真がある。宇都宮の家でだろうか。父親は着物。小津映画の笠智衆がしばしばそうしているように、「昭和の父親」は会社には背広で出かけ、家に戻ると着物に着替えてくつろいだ。

小さな向田邦子の隣りで父親はうれしそうに目を細めている（眼鏡をかけ、口ひげをはやしている）。子供を授かったのがうれしくてたまらないという表情をしている。子供の成長が楽しみだったことだろう。

『父の詫び状』には、邦子が小学校の二年生の時（昭和十二年）、肺門淋巴腺炎というごく初期の小児結核にかかった時、心配した父親は、病名が決まった日から煙草を断ったと記されている。禁煙は「私」が二百八十日ぶりに登校するまで続いた。

さらに――、

「長期入院。山と海への転地。

『華族様の娘ではあるまいし』

親戚からかげ口を利かれる程だった」

父親が、いかに娘の病気を心配したかがわかる。

「家を買うための貯金を私の医療費に使ってしまったという徹底ぶりだった」（「ごはん」）

　この父性愛の前には、多少怒りっぽい欠点など吹き飛んでしまう。「私」は、小学校の三年生の時、療養のため、夏休みを母や祖母と奥多摩の旅館の離れで過ごした。父親としてはずいぶん物入りだったろうが、娘の身体の方が大事である。

　夏休みが終り、その奥多摩での保養に別れを告げ、東京へ帰る時になって、「私」は夏休み中に九九を覚えてくるようにという宿題を思い出し、ちょうど、紙風船がうまく作れなかった時のように泣き出してしまう。しっかりものの長女の筈だが、向田邦子は子供の頃、案外よく泣く。ベソをかく。父親への甘えもあったのではないだろうか。

　娘が泣くので、

「東京から迎えに来た父が、車中、必死で、二二が四、二三が六と東京まで九九を教えてくれた」（「あだ桜」）

　邦子がもう少し大きくなってからは、こんなこともあった。

　昭和十四年、父親が鹿児島の支店長だった頃。邦子は小学校の四年生。夏、一家は錦江湾《きんこうわん》（鹿児島湾）の磯浜というところに海水浴に出かける。

　そこで「私」は海から上がってきた下帯一本の漁師に体をさわられる。漁師としては軽いいたずらだったかもしれないが、子供は怯える。

「声も出ないで立ちすくんだ時、父の大きな声が聞えた。漁師はそのまま行ってしまった」（細長い海）

この文章は少しわかりにくい。父親は娘がいたずらされているのを見て、「大きな声」をあげたのか。それとも知らずに娘を呼んだだけなのか。いずれにせよ、「私」は父親の声によって守られた。

一般に、男親は娘が男の性的好奇心にさらされるのを極端に恐れるものだが、向田邦子の父親は自宅に招んだ客が酔って猥歌を歌う時には、気を使った。

「酔った客が、ちょっと品の悪い歌を歌い始める。歌詞が危い箇所にくると、茶の間にいる娘の私に聞かせたくないと思うのだろう。父が持ち前の大声で、

『バンザイ！　バンザイ！』

と叫ぶ」（「お軽勘平」）

『父の詫び状』では、娘を性的な汚れから懸命に遠ざけようとしている父親のことがユーモラスに思い出されている。

これは、戦後、OL時代に経験した「痴漢事件」の思い出にもつながる（「警視総監

賞」、『霊長類ヒト科動物図鑑』)。

二十一歳の頃、向田邦子は、会社を終えたあと英語を習っていた。その日、帰りが遅くなった。井の頭線の久我山《くがやま》駅から自宅へ帰る道で痴漢にあった。なんとか走って逃げることが出来た。

そのあとが凄いのだが、毎日、勤め先から帰る時間を十分ずつずらして井の頭線の車輛を見て歩き、一週間目に痴漢を見つけ出し、警察に突き出した。

お手柄である。男は常習犯でもあったので所轄の警察が警視総監賞を上申しようとした。父親はこれに大反対したという。

「たとえ未遂であっても痴漢に襲われただけでもみっともないのに、女だてらに捕まえたなど、更にみっともないという」

娘をもった父親の悩みがうかがえる。

男泣き

娘を想う父親の姿をもっともよく描き出したのは、『眠る盃』のなかの一篇、「字のない葉書」だろう。

戦争末期の昭和二十年の四月、小学校一年の末の妹（和子）が甲府に学童疎開することになった。まだ幼ない子供が親元を離れて暮す。親としては不憫でならない。

父親は、娘に葉書を何枚も持たせる。宛名は父親になっている。まだ字の書けない娘に「元気な日はマルを書いて、毎日一枚ずつポストに入れなさい」

この父親の家族への深い愛情には頭が下がる。「国家」の戦時にあって「家族」を守ろうとしている。

疎開先からの娘の葉書は、はじめ大きなマルだったが、厳しい疎開生活のため次第にマルは小さくなる。ついにはバツに変わる。「間もなくバツの葉書もこなくなった。三月目に母が迎えに行った時、百日咳を患っていた妹は、虱だらけの頭で三畳の布団部屋に寝かされていたという」。

親としてはたまらない気持だったろう。

やがて娘が疎開先から帰ってくる。「私」は、弟と家庭菜園の南瓜《かぼちゃ》を全部収穫して、妹の帰りを待つ。小さい南瓜に手をつけると叱る父親も、この日は何もいわない。

「夜遅く、出窓で見張っていた弟が、

『帰ってきたよ！』

と叫んだ。茶の間に坐っていた父は、裸足でおもてへ飛び出した。防火用水桶の前で、瘠せた妹の肩を抱き、声を上げて泣いた。私は父が、大人の男が声を立てて泣くのを初めて見た」

良き父であり、そして良き父に守られた良き家庭である。この「昭和の父」あっての向田家だった。ただ、当の妹、向田和子は『かけがえのない贈り物——ままやと姉・邦子』（文藝春秋、一九九四年）のなかで、この時のことを姉のエッセイを読んで「そういえばそうだった」と思い出したという。肝腎の妹のほうは小さかったから父の男泣きを覚えていない。

もしかしたら、ここには向田邦子の脚色が加わっていて、実際以上に父親を泣かせたかったのかもしれない。そうすることによって父親を愛しみ、懐かしく思い出したかったのだろう。

父親、向田敏雄は、大変な苦労人だった。松田良一『向田邦子 心の風景』（講談社、一九九六年）に、その来歴が詳しく書かれていて参考になるが、給仕から出発し、努力に努力を重ねて幹部社員になった人のようだ。

『父の詫び状』（「お辞儀」）のなかには、この父親の老いた母が亡くなり、自宅で通夜が営まれた時に、社長が弔問に現われ、父親は恐縮し、平伏して社長を迎えた思い出が語られる。

一社員の父親が、通夜に来てくれた社長を卑屈とも思える態度で迎える。女学校二年生で、そろそろ大人の社会の複雑さを知り始めた向田邦子は、いつも家のなかでは威張っていた父親の思いもかけない姿を見る。いわば、見てはいけないものを見てしまったような思いにかられる。

ここで向田邦子は、「娘」であると同時に「大人」の見方をする。平伏する父親を肯定する。愛しいと思う。無論、気持は複雑ではあるが。

「高等小学校卒業の学力で給仕から入って誰の引き立てもなしに会社始まって以来といわれる昇進をした理由を見たように思った」

「私達に見せないところで、父はこの姿で戦ってきたのだ。父だけ夜のおかずが一品多いことも、保険契約の成績が思うにまかせない締切の時期に、八つ当りの感じで飛んできた拳骨をも許そうと思った。私は今でもこの夜の父の姿を思うと、胸の中でうずくものがある」

娘がはじめて、実社会の厳しさのなかで生きている父親の労苦へ思いをはせる感動的なくだりで、父親の立場にいる読者なら涙なくして読めないのだが、ただ、細かいことをいえば、少しおかしなところがある。

「父の詫び状」で向田邦子が、酔った客の吐瀉物（要するにゲロ）を仕方なく掃除するのは、戦後、大学生の時。それに対し、祖母が死去するのは、戦前、女学生の時。とすれば、社長に平伏する父を見て「父はこの姿で戦ってきたのだ」と思った以上、戦後、酔客のゲロを掃除する娘にねぎらいの言葉をかけなかったからといって、父親に腹を立てるのはおかしなことになる。

時系列で読んでゆくと無理がある。つまりエッセイとはいえ、かなりの脚色がほどこされていることがわかる。無論、それを批判するわけではない。父親への愛情という点では一貫しているのだから。ただ、向田邦子の描く父親像は脚色されたものだということは指摘しておきたい。高島俊男が向田作品を「メルヘン」と呼ぶのもそのためだろう。

父の実像

父、向田敏雄は私生児だったという。

『父の詫び状』にも、「父は生れ育ちの不幸な人で、父親の顔を知らず、針仕事をして細々と生計を立てる母親の手ひとつで育てられた。物心ついた時からいつも親戚や知人の家の間借りであった」「暗い不幸な生い立ち、ひがみっぽい性格」「幼い時から肩身をせばめ、他人の家を転々として育った父は、大きいものが好きだった」といった父の「暗い出生」に触れた文章がある。

父親が、家族を、子供を大事にしたのは、自身が家庭に恵まれなかったためかもしれないが、しかし、当時は、現在に比べれば、こういう環境の子供は多かった筈だし、その後の父親の順調な出世を考えれば、「暗い不幸」を強調するのは、必ずしも適切ではないだろう。鹿児島や高松、仙台では支店長をつとめた人である。鹿児島時代には近所の人たちから「分限者《ぶげんしゃ》」と思われていたという。「昭和の父」としては、立派な中産階級だったといっていい。この点、向田邦子は父親を少し卑下しすぎていると思う。

「高等小学校卒」についてもそうで、高島俊男が指摘しているように「当時の男の子として、『高等小学校卒』というのは一番ふつうの学歴だったのである」。

妹の和子によると「父はいろいろなものに凝った。麻雀、花札、トランプにも凝った」（向田和子編著『向田邦子の青春』ネスコ／文藝春秋、一九九九年）という。いずれも当時としては、家庭内の健全な遊びであり、それだけ、父親の経済生活にはゆとりがあったことがうかがえる。

もうひとつ。父親は教養人である。『眠る盃』所収の「一冊の本」によれば、父親は新婚当時、六十五円の月給のなかから、本屋への支払いが十二円五十銭もあったという。書庫がわりの納戸には、『明治大正文学全集』『世界文学全集』『北村透谷全集』『厨川《くりやがわ》白村全集』『富士に立つ影』『南国太平記』『クロポトキン全集』『夏目漱石全集』が揃っていたというから大変な読書人である。このあたりにも大正デモクラシーの良き影響が感じられる。

向田敏雄は、四十余年勤続した会社を勤めあげ、停年退職後、子会社に勤めたあと、昭和四十四年（一九六九）、六十四歳で心不全のため急逝した。

向田邦子はその最期を『父の詫び状』（「隣りの神様」）のなかで、意外とあっさりと記している。

「私の父は、六十四歳で心不全で死んだ。いつも通り勤めから帰り、ウイスキーを飲み、プロレスを見て床に入り、夜中の二時頃、ほとんど苦しみもなく意識が無くなり、私が仕事場から駆けつけた時は、まだぬくもりはあったが息はなかった」

これに対し、妹の和子が語る父の最期は、微妙に違う。

「その夜も、父は姉のかかわっていた『守ルモ攻メルモ』を見ながら、好物の『ゴーフル』を食べ、テレビの出来にご機嫌で床に就いた。しかし、その六時間後には急性心不全で、帰らぬ人となってしまった」

父親は、本当はわが娘が関わったテレビを見ていた。しかし、娘はおそらくそれを知っていながら、父親は自分の作品ではなくプロレスを見て亡くなったと書いた。

向田邦子の身につまされる照れである。向田邦子という人は、最愛の父親を語る時にも、いや、そういう時にこそ、感情を抑制できる人だった。

第四章

お嬢さん、実社会へ

恵まれたお嬢さん

向田邦子は昭和二十二年（一九四七）三月に東京の目黒高等女学校を卒業し、同年四月に実践女子専門学校国語科に入学した。

昭和二十二年といえば、戦争が終ってまだ二年、オキュパイド・ジャパン時代の混乱期である。巷では、「パンパン」を描いた田村泰次郎原作の「肉体の門」の舞台が話題になり、ラジオからは、「浮浪児」を主人公にした菊田一夫原作の「鐘の鳴る丘」が流れていた。キャスリーン台風が東京の下町に大きな被害をもたらしたのもこの年である。

そんな混乱期に、私立の女子大に入学するのだから、恵まれたお嬢さんといっていい。戦時中、すでに四人の子供のいる父親は兵隊に取られることはなかったし、目黒の自宅は三月十日の東京大空襲に焼け残った。

戦争で一家の支柱を失ったり、家を焼かれたりする家族が多かったなかで、向田家は非常に恵まれている。しかも、父親は戦後も、戦前と同じ保険会社で働くことが出来る。

こんな幸福な家庭はあの時代、珍しかったのではあるまいか。

戦争によって戦前と戦後が分断されてしまった家庭が多かったなかで、向田家は、戦前も戦後も基本的には大きく変っていない。向田邦子がしばしば、昭和の暮しを懐かしく語るのは、その連続性のためだろう。戦争で父親を失くしていたり、空襲で家が焼かれたりしていたら、戦前の暮しを懐かしく思い出すのにためらいがある筈だ。

向田邦子は、父親のことや家のことを卑下して書くことが多かったために、つい苦労して育った女性と錯覚してしまいがちだが、基本的には、昭和の中産階級の恵まれたお嬢さんである。

とくに終戦後、多くの日本人が明日も定かではない暮しを強いられていた時代に私立の女子大に入学したことの意味は小さくない。父親が、高等小学校卒とはいえ会社内で抜群の出世をしていた（向田邦子の言葉を借りれば、「会社始まって以来といわれる昇進をした」〈「お辞儀」、『父の詫び状』〉）証しでもあるだろう。

向田邦子の作品に、極端な悪人や意地の悪い人間が出て来ないことや、向田邦子が、怒りや憎しみ、恨みや嫉みといった負の感情を描くことが少なかったのは、やはりお嬢さん育ちのためだろう。父親の庇護のもとに、経済的な不安も感じることなく、あの混乱期をのびのびと過した人である。

アイスクリーム売り

とはいえ、大金持の家庭ではないから人並みの苦労はしている。

妹の向田和子の思い出『向田邦子の青春』によると、向田邦子は子供の頃から運動神経が抜群だったため（意外！）、高校時代は「大学は体育学部に行って、体育の先生になりたい」が口ぐせだったという。おそらくそれに対しては、父親が例によって「女のくせに体操の先生とは」と強く反対したのではあるまいか。

そこで、「私、国語科に行って、国語の先生になります」といって親を説得して、大学に進学したという（向田和子は、体育の先生の話は、本人がそう言っていたものの、なんでも面白く話す向田邦子特有の冗談だったかもしれない、と留保しているが）。

「国語の先生になります」と親を説得して大学に進学しただけあって、大学時代には、国語と社会の教員免状を取得している。いうまでもなく、学校の先生は、女性の職業が限られていた時代の数少ない職業のひとつである。

ただ教員免許は取ったものの、先生になる気持はいまひとつ強くなかったらしい。向田和子によれば、実践在学中に、新聞記者になりたいからと、母親に「お母さん、私、また大学に行き直したいの」と訴えたという。

あの時代、長女が二度も大学に行くのは、贅沢である。さすがに母親は、こうきっぱりいった。

「下にまだ三人いるじゃないの。あなただけ進学して、妹たちに駄目だとは言えないでしょ。それに、男じゃないのにまた大学なんて、とんでもない。それだけはやめておくれ」（『向田邦子の青春』）。

大学進学率の統計がはじめて取られたのは昭和二十九年（一九五四）だが、その時の四年制大学への進学率は、男性が一三・三パーセント、女性はわずかに二・四パーセントである。

母親が「また大学に行き直したいの」と訴える娘に「とんでもない。それだけはやめておくれ」と断るのは当然である（ちなみに女性の四年制大学への進学率は長くひとけただった。ふたけた、一〇・六パーセントになるのは昭和四十八年〈一九七三〉）。

向田邦子としても、母親にこういわれてはもう一度、大学に入ることはあきらめるしかなかっただろう（早稲田大学に入りたかったようだ）。

ただ、長女としての責任感が強い向田邦子は、なるべく親に経済的な負担をかけないように、在学中からアルバイトに励んでいた。

「姉は、これ以上親に迷惑はかけられないと考えて、親から援助してもらわずに大学へ行くだけのお金をアルバイトで貯めていた。だから実践に通っていた時分は、日々アルバイトにあけくれていた」（向田和子『向田邦子の青春』）。

向田邦子がエッセイで書いている学生アルバイトは、アイスクリーム売り、日本橋のデパート（向田和子によれば高島屋）のレジ係などだが、この程度のアルバイトで「親から援助してもらわずに大学へ行くだけのお金をアルバイトで貯めていた」ということが可能だったかどうか。

もしかしたら他にもアルバイトをしたかもしれない。現在では、私立の女子大に通う女性が学費のためにアルバイトをするということは少なくなっているが、昭和二十年代には、普通のことだった。

そもそも「アルバイト」が学生たちのあいだであたりまえになり、この言葉が定着してゆくのは、昭和二十年代である（戦前は「内職」といっていた）。たとえば当時の京都の僧侶大学に通う学生（修行僧）と若い娼婦の純愛を描いた水上勉の『五番町夕霧楼』

にはこうある。

「当時はアルバイト学生という言葉が流行したころである。官立大学の京大や、府立医大や、ミッションの同志社大学にさえも、京都駅へ出てアイスクリームを売ったりする者がいたほどだから、昔のように、苦学するといった語感からくる貧乏学生というかんじはなくて、誰もが闇米《やみごめ》を買うために、かつぎ屋のようなことをしていた時でもある」

こういう時代だから、私立の女子大に通うお嬢さんがアイスクリームを売っていてもおかしくはなかった。

アイスクリーム売りのアルバイトをしていたのは、随筆「学生アイス」（『父の詫び状』）によれば、昭和二十三年（一九四八）の夏。『五番町夕霧楼』にあるように、京都では京大やミッションの同志社の学生が京都駅でアイスクリームを売っていた時代だから、実践に通う向田邦子も抵抗はなかったろう。

ちなみに、この頃、向田家では父親の転勤で家は仙台に引っ越していて（父親は支店長。栄転といっていいだろう）、向田邦子は二歳年下の弟、保雄と麻布市兵衛町の母の実家で暮していた。

親元を離れての暮しだったので、多少自由があり、アイスクリーム売りのアルバイトにも精を出せたのかもしれない。「ちょっとした気働きがそのまま収入につながる面白さは、月給取りの家に生れ育った身には初めての経験だった。今まで逢ったことのない人達との出合いも嬉しかった」。お嬢さんの社会勉強だったのだろう。

しかし、このアルバイトは長く続かない。「祖母からのご注進でアルバイトを知った父から、即刻帰省せよの速達が届いたのである」。結局、夏の一ヵ月で終った。

これを見ても、「親から援助してもらわずに大学へ行くだけのお金をアルバイトで貯めていた」とは考えにくい。父親は、せっかく由緒ある私立の大学に入れた娘が、アイスクリーム売りのアルバイトをすることは望んでいなかったし、アルバイトをせずに学校に行けるように仕送りをしているという自負もあった筈だ。

だから、向田邦子のアルバイトは自身がいうように「本を買ったりスバル座でアメリカ映画を見たりするには、お小遣いが足りなかったからである」ということなのだろう。本を買ったり、映画を見たりしたいからというところは知的な若い女性である。

鬼畜米英とハリウッド

「スバル座でアメリカ映画を」には説明がいる。

昭和二十二年（一九四七）に東京、有楽町に開館したスバル座は、日本で最初のロードショー館。田中純一郎の『日本映画発達史』によれば――、

「優秀作品にかぎり一般封切に先がけ、ここで優先的に独占上映して、定員制を厳格に守り、映写中は絶対に観客の出入りを禁止するという理想興行を原則とした」

現在の岩波ホールやＢｕｎｋａｍｕｒａのル・シネマのようないわゆるミニシアターに近い。理想の形でいい映画を見たいというファンが多く、昭和二十二年三月に公開された第一回作品、ジョージ・ガーシュインの伝記映画「アメリカ交響楽」（製作は一九四五年）には、初日一週間前に、早くも十日分の前売り券が売り切れる盛況ぶりを見せたという（前掲書）。

スバル座で公開されたアメリカ映画には、ロナルド・コールマン、グリア・ガースン主演、マーヴィン・ルロイ監督の「心の旅路」（一九四二年製作、四七年公開）、ウィリアム・ワイラー監督のアカデミー賞受賞作「我等の生涯の最良の年」（以降同様に、一九四六、四八）、フランク・キャプラ監督のブラック・コメディ「毒薬と老嬢」（一九四四、四八）、ジュールス・ダッシン監督のドキュメンタリー・タッチの刑事もの「裸の町」（一九四八、四九）などなど。映画史に残る傑作が次々に上映されている。

手元に、古本屋で買い求めたスバル座の劇場プログラムがいくつかあるが、現在のミニシアターのプログラムと遜色はない。昭和二十二、三年に、これだけ内容が充実したものが作られていたとは驚きである。

たとえば「心の旅路」のプログラムを見ると、まず三十二頁とボリュームがある。現在でもこれだけの頁数があるものは少ない。スタッフ、キャスト、ストーリー紹介の基本に加え、双葉十三郎の「映画と原作」（原作はジェイムズ・ヒルトン）、田村幸彦《よしひこ》の作品評、淀川長治のマーヴィン・ルロイ論、映画監督五所平之助のエッセイ、植草甚一のジェイムズ・ヒルトン紹介と充実している。

知的好奇心にあふれる女子大生、向田邦子がスバル座で映画を見たいと思ったのも無理はない。そのためには真夏のアイスクリーム売りなどなんでもないことだったろう。

向田邦子がはじめて見た洋画は、和田誠との対談（「キネマ旬報」一九八一年九月上旬号）によると、小学校の二年生くらいに見たゲイリー・クーパー主演、ヘンリイ・ハサウェイ監督の「ベンガルの槍騎兵」だという。一九三五年の映画で、日本でも同年（昭和十年）に公開されている。インド駐屯のイギリス騎兵隊と〝反乱軍〟の闘いを描いたスペクタクル映画で、当時の話題作だったから両親に連れられていったのだろう。ゲイリー・クーパーはのちに向田邦子のお気に入りのスターになる。

しかし、子供時代はさほど映画を見られる環境にはなかった。「私たちの時代は、学校で見ていいという映画以外は見ちゃいけなかったんです。ですから、そのあと『民族の祭典』だけでしたね」と和田誠に語っている。

昭和十六年（一九四一）、太平洋戦争の勃発によって敵国アメリカの映画は輸入禁止になるから、女学校時代の向田邦子はほとんど洋画は見られなかった。

ただ、洋画の世界への憧れは、英米と戦争しているさなかにもあったようだ。随筆「ごはん」（『父の詫び状』）には、小規模の空襲の時には、警報のサイレンが鳴ったあと、「ゆっくりと本を抱えて庭に掘った防空壕へもぐるのである」とある。東京の下町に比べると当時、向田家が住んでいた目黒区の中目黒あたりはさほど空襲はひどくなかったのだろう。手元の、東京空襲を記録する会による「戦災消失区域表示　コンサイス東京都35区区分地図帖」（復刻版。原本は昭和二十一年刊）を見ると、目黒区は下町に比べると空襲の被害をさほど受けていない。

だから女学生の向田邦子は、サイレンのあとに本を抱えて、防空壕にもぐる（三月十日の東京大空襲の時は無論、こんな余裕はないが）。どんな本を抱えていたのか。

「本は古本屋で買った『スタア』と婦人雑誌の附録の料理の本であった。クラーク・ゲーブルやクローデット・コルベールの白亜の邸宅の写真に溜息をついた。わたしはいっぱしの軍国少女で、『鬼畜米英』と叫んでいたのに、聖林《ハリウッド》だけは敵性国家ではないような気がしていた」

興味深い体験である。国どうしは戦争をしているのに、「クラーク・ゲーブルやクローデット・コルベール」のようなハリウッドのスターはまるでお伽の国の住人のように現実を超越している。「聖林《ハリウッド》だけは敵性国家ではないような気がしていた」とは、山の手に住む女学生の気分をあらわしている。

いや、向田邦子より三年遅れて昭和七年（一九三二）に東京、両国の和菓子屋の子供として生まれた小林信彦は『一少年の観た〈聖戦〉』（筑摩書房、一九九五年）のなかで、太平洋戦争が始まる前に、自分たちはアメリカ文化に親しんでいた、だからこそ、戦後、アメリカ文化がどっと入って来た時、容易にそれを受容できたと書いている。下地が出来ていたのである。

実際、たとえば、向田邦子の好きなゲイリー・クーパーなど、一九二七年（昭和二年）の作品、ウィリアム・A・ウェルマン監督の「つばさ」に若い兵士役で少しの場面に登場しただけで、日本の女性ファンの心をとらえた。クーパーの人気は本国より日本での方が早かった。

だから、太平洋戦争下、女学生の向田邦子が、防空壕のなかで古本屋で買い求めた映画雑誌「スタア」の古い号で、クラーク・ゲーブルやクローデット・コルベールの写真を見て心ときめかせていてもおかしくはない。明治維新以後、欧米社会に追いつこうと必死になって近代化を進めてきた日本にあって、彼女のいう、戦時下にあっても「聖林《ハリウッド》だけは敵性国家ではないような気がしていた」という気持は、いちがいに否定し切れない。

また、女学生の娘が古本屋で買ってきた「スタア」を読んでいても、両親がそれを格別とがめることがなかったのだから、向田家は東京山の手のかなりリベラルな家庭だったといえるのではないだろうか。

そして、戦争が終ると同時に、アメリカ文化が大量に入ってくる。すでにクラーク・ゲーブルやクローデット・コルベール、あるいはゲイリー・クーパーの下地が出来ていた向田邦子は、アメリカ映画をごく自然に、そして、長いあいだ禁じられていたからそれが解禁された時には大喜びして、見に行ったに違いない。

美しさへの憧れ

のちに映画雑誌「映画ストーリー」の編集部で働くようになった時、読者からフランス人のスターへのファンレターを募集したことがあった。あまり出来のいいものがなかったのだろう、編集部員の向田邦子が「青山道子」という名で代作した。

その「ジャン・マレエ様」というファンレター(『向田邦子 映画の手帖』徳間書店、一九九一年、に収録)に、印象的なくだりがある。

戦時中、「カルメン」(一九四二年)や「悲恋」(一九四三年)でジャン・マレエの美しさに接した当時の女学生「青山道子」は、その美しさに心ときめいたという(ちなみに、フランスは当時、ナチス・ドイツに協力していたヴィシー政権が国を代表していて日本の〝友好国〟だったので、太平洋戦争中も日本では、フランス映画は公開されていた)。

「青山道子」は書いている。

「思えば、あの頃(戦時中の女学生時代)の日本は〝灰色の時代〟でした。美しいものは、すべて戦争と共に私たちの周りから姿を消していました。そのときに、私は、(正確には私たちが、と申しあげた方がよいでしょう。私の友人たちもみなそう申しているのですから）スクリーンであなたをみつけました。『こんなに美しく素晴らしい人が生きている』と思うと、心がはずみました」

代作のいわば〝にせファンレター〟とはいえ、戦時中に女学生だった世代の、複雑な思いが吐露されていて、いま読んでも感動する。

自分たちの戦時下の思春期は「灰色の時代」だった、まわりに「美しい」ものはなにひとつなかった、だから「あなた」、ジャン・マレエの美しさに心ときめいた、と。

この「美しさ」への憧れは、そのまま、防空壕のなかで「スタア」誌を読んで、クラーク・ゲーブルやクローデット・コルベールに溜め息をついている女学生の向田邦子の憧れと重なり合う。

向田邦子の魅力のひとつは、男っぽく、さっぱりしたところにあるとはよくいわれるが、戦時中の「ますらお」の時代にあって、ひそかに「美しさ」への憧れを秘めていたところは、向田邦子の女らしさである。もし、昭和十八年（一九四三）に作られたゲイリー・クーパー主演の「誰《た》が為《ため》に鐘は鳴る」が、その時点で日本で公開されていたら、向田邦子はたちどころにクーパーの美しさに参ってしまったことだろう。

終戦と共に、アメリカ映画が続々と日本に入ってくる。日本が戦争をしていた頃に、超大作「風と共に去りぬ」（一九三九年）や、世界最初のカラー長編アニメ「白雪姫」（一九三八年）を作った国の映画が、若い向田邦子に衝撃と刺激、感動を与えなかった筈はない。

アメリカ映画は、向田邦子にとって（そしておそらくは同世代の女性たちにとって）単なる娯楽という以上に、まぶしく仰ぎ見る憧れであり、「美しさ」にあふれた夢の世界であり、そして、より大事なことだが、これから実社会に歩み出そうとする若い女性にとっては、手本、教科書、指針にもなった筈だ。当時のアメリカ映画は、いま以上にリベラルだったから。

向田邦子の二歳年下の弟、向田保雄は『姉貴の尻尾——向田邦子の想い出』（文化出版局、一九八三年）のなかで、「姉の映画好きは、いま風に言えば、ほとんどビョーキである」と、いかに、若い頃の向田邦子が映画好きだったかを回想している。

「姉」はよく弟を映画に連れて行ってくれた。おそらくその入場料は、「姉」がアイスクリーム売りなどのアルバイトで得たこづかいで支払われたのだろう。しっかりした長女の向田邦子が、仙台にいる父親からの仕送りを映画代にするとは考えられない。

弟の向田保雄が、当時、姉に連れて行ってもらった映画を挙げると——、十九世紀末のオーストリアの貴族の悲恋を描いたシャルル・ボワイエ、ダニエル・ダリュー主演のフランス映画「うたかたの戀」（一九三五年製作、四六年日本公開）をはじめ、「地上《ここ》より永遠《とわ》に」（一九五三年製作、同年日本公開）、前出の「誰が為に鐘は鳴る」、同じくクーパー主演の西部劇「真昼の決闘」（一九五二年製作、同年日本公開）、グレゴリー・ペック主演の「仔鹿物語」（一九四七年製作、四九年日本公開）、ハンフリー・ボガート主演の「俺たちは天使じゃない」（一九五五年製作、同年日本公開）など。

大半がアメリカ映画である。スバル座で見たのも多くはアメリカ映画だったろう。向田邦子が日本映画はあまり見ていなかったことは、のちに雄鶏社《おんどりしゃ》を受けた時、入試問題の設問「小津安二郎の監督した映画は『めし』『羅生門』『麦秋』『おかあさん』（のうちどれか）」の答えに、『麦秋』と間違って成瀬巳喜男監督の『めし』を選んでしまっていることからもうかがえる。

若い向田邦子にとって映画といえばアメリカ映画だった。これは当時の女学生や女子大生にとってもそうだったと思う。

アメリカは、現在では考えられないくらい遠くにあった。だからこそ強い憧れになった。前述したように、当時のアメリカ映画はいま以上にリベラルで、民主主義讃歌の作品が多かった。それらは、第二次世界大戦でナチス・ドイツに勝利したアメリカが、自国の民主主義に前以上に自信を持った、その結果である。日本人が、敗戦後、アメリカ式の民主主義を受け容れたのは、アメリカ映画に教化されたからだといわれるのも、理由のないことではない。

若き日の向田邦子もまた浴びるほどアメリカ映画を見て、その民主主義の精神、そして女性の強さを学んだ筈である。向田邦子の強い自立精神は、若い頃に見た良きアメリカ映画によって育まれていったと思う。

結婚か仕事か

昭和二十五年（一九五〇）三月、向田邦子は実践女子専門学校を卒業した。卒業の時点で就職先は決まっていなかった。

これは本人が進路を悩んでいたためではないか。先生になるか、他の職業を考えるか。無論、男子の大卒でも就職難だったから女性の職がそう簡単に見つからなかったこともある。父親は、長女の就職に手を貸さなかったようだ。当時、仙台にいて、東京で動きにくかったこともあるだろうが、娘に「良妻賢母」を期待する古いタイプの父親としては、長女が下手に就職して社会に出るよりは、家にいて「花嫁修業」してくれた方が有難いと思ったのではないか。

この年の四月に向田邦子は四谷にある財政文化社という、教育映画を作る小さな会社に就職する。仕事は社長秘書。おそらくこの就職に際し、父親は動いていない。向田邦子が、新聞の求人広告で見つけたか（のちの雄鶏社への入社の時のように）、大学の先生の紹介か何かがあったのだろう。

就職は、大きな決断だった。

妹の向田和子が書いているように「（当時は）女性が仕事も家庭も、という時代ではなかった。姉も、両方とは考えていなかった」（『向田邦子の青春』）。

女性が大学を卒業して、就職するということは、結婚から遠くなることを意味した。二十歳の向田邦子は、この時点で、結婚して家庭に入るか、仕事をし続けるべきか、迷ったと思う。妹の和子がいうように「結婚していたら、確実に良妻賢母になっていただろう」女性なら、いっそう悩んだ筈だ。

おそらく答えは先に延ばし、とりあえず結婚までの仕事として財政文化社を選んだというのが正直なところだろう。この会社は、小さいけれど居心地のいいところだったようだ。

「社員十人ほどの小さな会社でしたが、カメラマン、画家、音楽家もいて、学校では学べなかったさまざまなものを私に与えてくれました」（「手袋をさがす」、『夜中の薔薇』）。

さらにこう続けている。

「私は若く健康でした。親兄弟にも恵まれ、暮しにも事欠いたことはありません。つきあっていた男の友達もあり、二つ三つの縁談もありました。今考えればみな男としても人間としても立派な人たちばかりで、あの中の誰と結婚していても私は、いわゆる世間なみの幸せは手に出来たに違いありません」

女性の幸福は結婚。当時の常識になんども心が傾きかけたことだろう。しかし、その安全な道に向田邦子は違和感を持つ。

「にもかかわらず、私は毎日が本当にたのしくありませんでした。

私は何をしたいのか。

私は何に向いているのか」

現在なら、結婚しても仕事を続けている女性はたくさんいる。しかし、昭和二十年代のなかばは、そうした環境は作られていない。向田和子が書いているように、「仕事をするなら家庭はあきらめざるをえなかったのだ」（『向田邦子の青春』）。そして、ある時、向田邦子は決心する。「しかし、結局のところ私は、このままゆこう。そう決めたのです」（「手袋をさがす」）。

女性の生き方が多様になった現代から見れば、悲壮な決意に思えるが、結婚か仕事かの、ふたつにひとつの時代にあっては、この真剣さも無理はない。

結婚をあきらめて、仕事を選ぶと決めたからには、もっといい仕事をしたい。もっと自分に合った仕事をしたい。そう考えるのは当然である。

黒い服

昭和二十七年（一九五二）六月、二十二歳の向田邦子は「朝日新聞」の女子求人欄に載った雄鶏《おんどり》社の女性編集部員募集の求人広告を見て応募、難関を突破してみごと入社。この会社に入ったことで、のちのシナリオ作家、小説家への基礎が作られた。人生の転機になったといっていい。

雄鶏社ではこの年、「映画ストーリー」という雑誌を出すことになっていて（創刊は六月）、新しいスタッフが必要だった。当時の「映画ストーリー」編集長、高木章の「向田邦子の『黒』の時代」（『向田邦子 映画の手帖』）によると、応募者は二百五十人以上に及び、入社試験当日は、応募者がビルの階段の五階まで並んだという。

そのなかでも向田邦子は群を抜いて光っていた。高木章は続けている。

「『これで最後です。向田邦子さん』という総務部長の声と共に（面接室に）入って来たのが、黒のブラウス、黒のスカート、黒のパンプスという爽やかなお嬢さんでした。回って来た書類を見ると小論文はAに二重丸です。ただ一人です。社長はうなずき『決まりだな』という。五、六人残して二次試験のはずを、ただちに三名採用ということになり、その日のうちに電報で入社決定を報せました。翌日、出社とともに『映画記者、向田邦子』の誕生です」

抜群の成績だったことがわかる。学生時代に、アルバイトでためた金でスバル座などで映画を浴びるほど見た向田邦子にとって、映画中心の試験は易しく思えたことだろう。もっとも前述したように、日本映画は洋画に比べると弱かったようだが、「映画ストーリー」は洋画専門誌だったから支障はなかった。

雄鶏社の先輩で、のちに翻訳家として活躍する井上一夫は、入社試験の向田邦子の作文（アメリカのミュージカル映画「巴里のアメリカ人」について）を読んだ時、感嘆して思わず「おい、この作文すごいぞ。これだけの文章書けるの、この編集部にもいないかもよ」といったという（「黒衣の好きな映画記者」、『向田邦子ふたたび』）。

すでに後年の文才があらわれていたということだろう。難関を突破しての入社だけに、自分に自信を持った筈だ。しかも、仕事は、好きな映画に関わる。文章を書くことも日常的になる。まさに水を得た魚ではなかったろうか。

ちなみに面接の席に「黒のブラウス、黒のスカート、黒のパンプス」で現われたように向田邦子は職場では黒の服を好んで着たために、職場の仲間から「黒ちゃん」と呼ばれるようになったという。高木章の文章が「向田邦子の『黒』の時代」と、井上一夫の文章が「黒衣の好きな映画記者」と題されているのはそのため。現在では働く女性が、黒い服を着るのはもう普通のことだが、当時は珍しかったのではあるまいか。

「映画ストーリー」が創刊された昭和二十七年といえば映画の全盛時代である。まだテレビはない。日本人が一人平均、一年に十本を超える映画を見ていた。

高木章の回想によれば、映画の全盛時代であるにもかかわらず、意外なことに映画雑誌は少なく、批評誌として「キネマ旬報」「映画評論」、ファン誌として「映画之友」「スクリーン」があったくらい。そこで雄鶏社でも映画雑誌を出そうと、字幕翻訳の第一人者、清水俊二の企画をもらい、東和映画の宣伝部にいた「映画界の大物」筈見恒夫（亡き映画評論家、筈見有弘の尊父）の協力を得て発刊することになった。

誌名どおり、映画のストーリーを詳しく紹介する雑誌である。ビデオのない時代、これは読者の「映画をもう一度味わいたい」という渇きをいやすことになった。「キネマ旬報」や「映画評論」が毎号、シナリオを載せていたのとおなじ発想である。一般のファンにはシナリオより、ストーリー（台本をもとにした一種のノベライズ）の方が親しみやすい。

この編集部で若い向田邦子は、さまざまな仕事をこなしてゆく。和田誠との対談によれば――、

「（編集部員は）四人とか三人とか、そのくらいの小人数でした。ですから、広告取りから、紙面の割り付けから、配本から、全部やりました。昔は本当によく働きました」

黒い服を着て生き生きと働く若い向田邦子の姿が思い浮かぶ。働く女性、向田邦子の誕生である。同時に、それは、結婚と家庭が遠ざかることを意味したのだが。

第五章

家族のなかの秘密と嘘

ハンドバッグの中味

向田邦子の作品には、不倫する夫や妻、家族の知らないところで外に女性を囲っている父といった、秘密を持った人間が実によく登場する。

家族が、思っていることを自由にいいあうテレビドラマ「寺内貫太郎一家」のイメージがあるために、向田邦子作品は明るく、屈託がないと思われがちだが、他方では、家族の中の秘密と嘘が繰返し描かれる。

親子のあいだにも、夫婦のあいだにも秘密と嘘がある。むしろあって当然という思いが向田邦子にはある。家族というものを一度、冷たく見ようとしている。

親子愛も夫婦愛も、実は、秘密と嘘の上に成り立っている。もっといってしまえば、親子も夫婦も、秘密と嘘があるからこそ意味がある。そう考える向田邦子は決して単純なホームドラマの作家ではない。決していつも優しく、温かく家族を見ていたわけではない。

「はめ殺し窓」（『思い出トランプ』）は昭和五十年代なかばの東京の郊外住宅地に住む

「江口」という会社員が語り手になって、亡くなった母親、長年連れ添った妻、結婚して子供のいる娘、三人のそれぞれの秘密と嘘を見てゆく。

といっても妻と娘の秘密と嘘は軽いもの。妻の場合は、往診に来た若い医者に持病の胆石の痛みを訴える声に、「江口」は「今まで聞いたことのない湿りと甘さ」を感じる。妻と医者の関係を邪推して、襖を開いて隣の部屋に入ってゆきたいという衝動を覚える。一瞬の驚きであり、長くあとに引くことはないであろう。

娘の場合は、子供も連れず、一人で実家に突然、泊りがけでやってきたので、婚家を出たのかと一瞬、驚くが、娘が「彼、つきあってる女の人、いるらしいの」と案外あっさりと打明けたので、これもおおごとにはならないだろう。

いちばん大きな秘密と嘘は、亡くなった母親の場合。

「江口」の両親はいわゆる蚤《のみ》の夫婦で、父親が「痩せて貧相」だったのに対して、母親は大柄で「たっぷり」している。のちの言葉でいえば「グラマー」というところだろう。口の悪い親戚が「荒神帚《こうじんぼうき》と米俵」と評したと書くのが、古い言葉の好きな向田邦子らしい。ちなみに「荒神帚」は、かまどの掃除に用いる小さなほうき。

「江口」が五つか六つの時、この母に間違いがあった。家によく掃除や大工仕事で来ていた「父の会社の給仕」という苦学生とのあいだにただならぬことがあった。

「トクさん」というその若者は家に来るとよく子供の「江口」と遊んでくれた。その頃家には「お座敷ブランコ」があって「トクさん」はそれを揺すってくれた。

ある日——、

「トクさんが来ているのに、ブランコを揺すってくれないことがあった。何をしているのか、トクさんは母と一緒に奥の座敷に入ってしまい、江口は茶の間にポツンと取り残されていた」

「江口」が母の秘密と嘘を感じた最初の思い出である。両親はその後、離婚はしなかったから父親が耐えたのだろう。それでも「一生嫉妬に苦しんだ」とあるから、母の秘密と嘘はそのあともおさまらなかったらしい。

「江口」は昭和のはじめの生まれ。とすれば、子供の「江口」が母親と「トクさん」とのことを知ったのは昭和十年前後のこと。いうまでもなく姦通罪があった時代で、夫以外の男と通じた妻は罰せられた。にもかかわらず密通を繰返したのは、「江口」の母がかなりの男好きだったからだろう。

向田邦子は、中産階級の普通の家庭のなかにも、こういう秘密を持つ妻、母を見ていたのである。よくいえば、現実を見る目が厳しい。もっも強くいえば、意地が悪い。

大佛次郎原作、大庭秀雄監督の「帰郷」（一九五〇年）という名作がある。

戦争が終わり、長い不在のあとに日本に戻ってきた父親（佐分利信）が何年ぶりかで、成長した娘（津島恵子）と再会する。この時、父親は娘のことをよく知りたかったのだろう、ハンドバッグのなかを見せてくれという。娘はためらうことなくハンドバッグを父親に渡す。父親は、ハンカチや本をひとつひとつ取り出して、愛しむように触れる。

娘が父親にハンドバッグの中味を見せる。親子のあいだにもプライバシーがいわれる現代ではこんなことは普通ありえないだろう。娘が、父親にまだ秘密と嘘を持っていない。牧歌的な時代である。

向田邦子は、「ハンドバッグ」（『女の人差し指』）というエッセイで「帰郷」を見た時に、この場面が印象に残ったと書いている。おそらく向田邦子なら、父親にハンドバッグの中味を見せることはなかったのではないか。そこは若い女性にとって、秘密と嘘の隠し場所なのだから。

そういえば、テレビドラマ「蛇蠍のごとく」では、父親（小林桂樹）が、年頃の娘（池上季実子）の不倫を知って怒り、実情を知ろうと娘のハンドバッグの中味を見る。当然、娘は怒る。それればかりか、妻（加藤治子）も「お父さん！　およしなさい！　親子でも、女のハンドバッグはいけないわよ」と怒る。

向田邦子は、実生活では誰にもハンドバッグの中味を見せなかった。しかし、作家としては、家族の秘密と嘘が隠されたハンドバッグの中味をあらわにしようとした。

「はめ殺し窓」の母親は、いってみれば、一生「おんな」だったのではないか。理知的な向田邦子の対極にいる女性ではないか。そして、向田邦子は、世の同性には「おんな」が多いことをよく知っていた。

「江口」の母親は、夫が亡くなったあと、息子家族と暮していた。年よりも十歳は若く見えた。しかし、ある日、買い物に出た帰りにバスの中で心臓麻痺を起して急死した。

不思議なことに、買物袋のなかにはデパートの包装紙に包んだネクタイがあった。いったい誰に贈ろうとしていたのか。老いを迎えた母親はいまだに「おんな」だったのか。

「江口」は、母親の最後までつきまとう秘密と嘘の重さに驚かざるを得ない。そういえばこれも「江口」が子供の頃のことだが、「トクさん」が家に来なくなってから、母親がはめ殺しの窓から、家の前の高等学校の運動場にいる生徒を見ていたことも思い出す。これもおんな臭い。

女性である向田邦子が、男性である「江口」の目になって、「おんな」の生臭さを指弾している。理知的で、「しっかりしたお姉さん」といわれることが多かった向田邦子は、つねに男性との性関係のなかで生きる「おんな」が苦手、いや、嫌いだったのではないか。

「江口」が、母親と対照的に「地味な奥さん」「しっかりした奥さん」といわれる妻に満足していたというのも、向田邦子の「おんな」嫌いのあらわれだろう。

しかし、「江口」は、母親のことを思い出し、女性のなかの「おんな」に敏感になったまさにその時に、「地味な奥さん」「しっかりした奥さん」といわれる妻が、往診に来た若い医師に胸をひろげ、「湿りと甘さ」のある声で痛みを訴えるのを耳にして衝撃を受ける。結婚してもう三十年以上になるいまになって、妻の「おんな」に驚くとは「江口」の幼さを感じてしまうが、いってみれば、それは、「江口」の視点である作者の向田邦子自身の幼さ、おくてのあらわれといえるかもしれない。

おんな嫌い

向田邦子の脚本で「寺内貫太郎一家」をはじめ、数々の向田ドラマの名作を手がけた演出家、久世光彦に『触れもせで』という回想記がある。

『触れもせで』という表題は、あれだけ親しくしていたにも拘わらず、久世光彦と向田邦子のあいだには、ついに男女の仲はなかったことをいっているのだが、この関係にも、向田邦子の「おんな」嫌いがあらわれているように思う。

向田邦子は、料理や服、言葉や生活習慣に表現されるたおやかな女性文化は愛したが、男性との性的関係のなかにしか生の意味を求めない「おんな」は、生理的に嫌った。

「男眉」(『思い出トランプ』)は、理知的でさっぱりとした姉と、「おんな」っぽい妹(ともに結婚している)の関係を描いた小品だが、このなかに、向田邦子の「おんな」嫌いがあらわれている微妙な箇所がある。

父親の葬式のあと、家族だけの酒の席になる。父親はもう少しで米寿だったし、眠っているうちに大往生をしたこともあって酒の席は、妙にはなやいでいる。

この席で、妹が手洗いに席を立つ。

そして、水を流す音が聞えた時、入れ替るように姉の麻の夫が立ち上がる。やはり手洗いらしい。それを見て、麻は——、

「『あ、嫌だな』

と思った。

女房ならともかく、よその女のすぐあとに入らなくてもいいではないか。

言葉に出してとがめるほどではないが、麻も何となく腰を浮かした」

べつに、この麻の夫と妹とのあいだに性的関係があるわけではない。それでも妹が手洗いをすませたすぐあとに、自分の夫がその手洗いに入るのは気にならざるを得ない。妹が夫を誘っているようにさえ感じられる。

手洗いから戻ってきた妹は、廊下で姉の夫とすれ違う。その時、目だけで笑いかけた。

「『お先に』

でもあり、

『嫌ねえ、義兄《にい》さん』

ともとれる。

『ふふふふ』

という声にならない含み笑いにも受取れた。夫の目は、背中からはうかがえなかったが、麻には一生出来ない妹の目であった」

妹のすぐあとに自分の夫が手洗いに立つ。それだけのことに過剰に敏感になっている。

そこまで考えなくていいではないかと思うし、姉のひがみとも受取れる。確かなのは、向田邦子の「おんな」嫌いがここでもはっきりあらわれていること、また、向田邦子が家族のなかの秘密と嘘に敏感であることだろう。普通の女性のなかにも、「おんな」を見ざるを得ない。秘密の匂いをかぎとらざるを得ない。

子供の場合でもだ。「はめ殺し窓」には「江口」が、三歳の娘がテレビをなめているのを見て、「そんなもの、なめるんじゃない」と注意しようとするところがある。いいかけて「江口」は驚く。三歳の娘は、テレビに映った男の俳優にキスをしていたのだ。「気がついたら、律子（娘）は畳に転がり激しい泣き声を立てていた。驚いて止めに入った美津子（妻）を突き飛ばして、江口はもう二つ三つ殴りつけた」

男好きだった母親への嫌悪感をずっとひきずっていた「江口」が、三歳の娘に同じような「おんな」を見て、思わずかっとしたのだが、それにしても小さな子供を殴るとは、異様である。向田邦子自身の「おんな」嫌いが出てしまったのではないか。

父親の小さな世界

同性の秘密と嘘には厳しいが、案外、男性のそれに対しては甘いところがある。

『思い出トランプ』には、中年男性の浮気あるいは不倫がよく描かれる。「だらだら坂」「三枚肉」「花の名前」。『男どき女どき』では「鮒」がそう。新婚の夫の同性愛を描いた「三角波」もこのヴァリエーションと見ていい。『隣りの女』では「幸福」「胡桃の部屋」の父親が、家を出て女性と一緒に暮している。

家庭の外に秘密を持つ男性が多い。高島俊男は『メルヘン誕生』のなかで、あまりにこのパターンが多いので、「向田邦子の金太郎アメ」と呼んでいる。そしてこうも指摘している。「向田邦子の小説では、男女が逆転している。女は、性以外のさまざまな生活を持っている。ところが男は、性以外にはほとんど何もない。サラリーマン、とは言っても、そのつとめ先で、どういう任務をおびているのか、どういう責任を負っているのか、どういう難題に脳漿をしぼり身をすりへらしているのか、何もえがかれない。えがかれるのは、どう女を手に入れたとか、女のアパートにかよっているかとかばかりである」「おもてをあげ、遠いところを見ている男に、向田邦子は出会うことがなかったのだろうか」。

「性以外にはほとんど何もない」は少し大仰だが、向田邦子の描く男たちが、女性関係にだらしがないのは確かである。おそらく同性の中に「おんな」を見て嫌悪感を覚える向田邦子自身、どこか男っぽいところがあるために、そういうだらしがない男たちにも共感してしまうのだろうし、男のだらしなさ、弱さを、男の可愛さと見てしまう「姉」の目を持っているのだろう。

「胡桃の部屋」というしっかり者の長女を主人公にした逸品がある（『隣りの女』）。桃子という三十歳になる独身の女性がいる。出版社で働いている。同僚が結婚してゆくのに自分はひとり。

事情がある。三年前、父親が家を出てしまった。中堅どころの製薬会社に勤め、堅物で通っていた父親だが、会社が倒産したことを家族にも話さず、蒸発してしまった。

あとには専業主婦で世事に疎《うと》い母親と長女の桃子と、大学二浪の弟と中学生の妹の四人が残された。桃子がいままで以上にしっかりしなければ家族が壊れてしまう。

もともと父親は「桃子」のことを「桃太郎」とよくいった。しっかり者の長女という意味である。父親が家を出てしまってから桃子はまさに桃太郎になって一家の中心になる。母を励まし、弟を大学にやろうと贅沢も控え、妹にもいい姉であろうとつとめる。そのためには恋もあきらめる。「負けいくさを覚悟で砦を守っている健気《けなげ》な部隊長」「役に立たない犬、猿、キジを連れて鬼退治に向っている桃太郎」の役である。向田邦子の嫌う「おんな」の対極にいる「しっかりものの姉」である。おそらくは、桃子に自分のいくばくかを重ねている。

父親はどこに行ったのか。桃子は都築という父の以前の部下から、父は東京の台東区、鶯谷《うぐいすだに》の路地裏のアパートに住んでいると知らされる。しかも、屋台のような小さなおでん屋を営んでいる三十五、六歳の女性と暮している。三十五、六歳といえば娘の桃子とさほど変らない。

しかし、それを知っても桃子は意外なことに怒らない。困った、大変だ、とは思いながらも、どこか巷の世捨人になったような父親のことを許しているところがある。

ある時、父の暮しが気になってこっそり鶯谷に行ってみる。夕方近く、駅前の通りでばったり父親に出会ってしまった。家にいる時は下着ひとつ自分で買ったことがない父親が買物かごをさげている。かごからはネギやトイレットペーパーがはみ出ている。その姿を見て桃子は思わず「あたしが持つから」とかごを引ったくろうとする。しかし、父親はかごを渡さず、桃子を振り切り、走って去ってしまう。

父親は決してうらぶれているのではない。それまで生きてきたしがらみと切れてひっそりと市井の暮しをしていることを静かに楽しんでいる。向田邦子にとって、この父親は決して「おんな」のために家族を捨てた悪い男ではない。むしろ市隠《しいん》、世捨人の平穏を持っている。「おんな」に厳しい向田邦子は、一方で、こういう現実から降りようとする父親には案外、温かい。

テレビドラマ「冬の運動会」（一九七七年）の、老妻に先立たれ、若い女性（藤田弓子）のもとへ通う元軍人の父親（志村喬）。「家族熱」（一九七八年）の、良家の奥様然とした（あとでそうではなかったとわかる）女性（宝生あや子）と茶飲み友達になる父親（志村喬）。「阿修羅のごとく」（一九七九年）の、家族には秘密にして子供のいる若い女性（八木昌子）のもとへ通うリタイアした父親（佐分利信）など。

向田邦子は決して彼らを批判していない。むしろ、それまで堅物で通ってきた男が老いを迎え、家族とは別のところに、小さな世界（擬似家族）を持つことに理解を示している。父親の秘密と嘘を許している。もしかしたら向田邦子は、自分の父親がそうしてもよかったのにと思っていたのかもしれない。

父親の秘密と嘘には寛大になれる。これは向田邦子がしっかりものの長女であり、どこかに男性のような性格を持っていたこととも関係があるのだろう。

「胡桃の部屋」の桃子は、鶯谷の路地裏でおでん屋のおかみと世を忍ぶようにして暮している父親を明らかに許している。長いこと家族のために働いてきた父親にはそういう世捨人の静かな暮しが許されてもいい。父親がいなくなった家庭のなかで、ひとり懸命に生きてきた桃子には、しがらみを捨ててしまった父親のことが羨しく思えたのかもしれない。

桃太郎になった桃子は、水前寺清子の〽しあわせは歩いてこない……を口ずさみ、自分を励ましながら家族のために働く。三年間、「獅子奮迅《ふんじん》と猪突猛進。ライオンと猪を一日置きにやっていた」。恋も封印した。「この三年の間に、育てれば育ちそうな恋を、桃子は自分の手で摘み取ってきた」。

桃子にわずかに女性としての潤いがあるとすれば、父親のことで相談に乗ってくれる、父の以前の部下、都築と月に一度会うことだったが、それとても、相手は妻子ある四十歳の家庭人。溺れるわけにはゆかないと理性が勝ってしまう。

その「桃太郎」の奮闘もあって弟はなんとか大学に入学できるが、大学生になると、「友達」(実は「女」だった)と一緒に暮すといって、家を出てしまう。驚いた桃子は弟を大学でつかまえ、校門前のレストランへ連れ込む。

「着たいものも着ず、恋も諦めて、父親代りをつとめた三年を、あんたはどう思っているの。そう叫びたかった」

無論、口には出さなかったが、そう顔に出ていただろう。その時、弟は思いがけないことをいう。

「みんな適当にやってるんだよ」

弟はある時、偶然に母親が渋谷のハチ公前で父親と待ち合わせ、そのまま道玄坂のホテルへ入っていったのを見たという。

桃子が桃太郎になっていた三年間、母親は隠れて父親と会っていた。きちんと「おんな」をしていた。いわば「おんな」を捨ててきた桃子はこの事実に愕然とする。

「(母は) 外で父と逢っていたのだ。父がうちにいた頃よりも、もっと女らしくなった」

桃子の驚き、困惑、怒り、そして最後に襲ってくる、自分だけ取残されたような悲しみは読者の胸を打つ。桃子の思いには、しっかりものの長女として生きてきた理知的な向田邦子自身の思いが重ね合わされていると思う。

どんなに親しい家族であっても、誰もが秘密と嘘を持っている。桃子はそのことを思い知らされる。父親の蒸発には寛大だった桃子も、自分を頼りにしているとばかり思っていた母親がひそかに父親と会っていたことには衝撃を受ける。おそらく桃子は、この母親の「おんな」の部分を許すことはないだろう。

無邪気な嘘

「かわうそ」（『思い出トランプ』）も、女性には厳しい向田邦子らしい逸品。夫の目で妻を冷静に、距離を置いて描いている。子供のいない夫婦がいる。夫の宅次は停年にはまだ三年あるが、脳卒中で倒れて休職中。だんだん気持が落ち込んでゆくのに対し、宅次から見ると九歳年下の妻、厚子は以前に増して明るくなったように思える。宅次が倒れてからよく鼻唄を歌うようになった。四十代の厚子は、子供のいないせいか、年に似合わずいたずらっぽいしぐさもする。宅次が、出かける厚子を「おい」と呼びとめると「なんじゃ」と時代劇の言葉でおどけて見せる。

宅次は以前、デパートの屋上で見た小動物のカワウソを思い出す。厚子は「厚かましいが憎めない。ずるそうだが目の放せない愛嬌」があるあのカワウソに似ている。「ひとりでに体がはしゃいでしまい、生きて動いていることが面白くて嬉しくてたまらないというところは、厚子と同じだ」

宅次は、こんな厚子のことを「過ぎた女房」と思っていた。

しかし、脳卒中で倒れてから宅次は厚子に違和感を感じるようになる。少し明るすぎるのではないか。以前、近くの家が火を出したことがある。その時、厚子は寝巻で空《から》のバケツを叩き「火事ですよぉ。火事ですよぉ」と隣り近所を起してまわった。まるで火事を楽しんでいるように。

「かわうそ」は、この厚子という女性がくっきりと描かれていて〝こういう女性、いるよなあ〟と思わずうなずきたくなるうまさがある。明るさと厚かましさ、無邪気さと無神経さ、可愛さと愚鈍さが同居している。

さすがに火事騒ぎの時は、宅次はたしなめようとした。その言葉が面白い。「おだつな」。宅次の田舎の仙台あたりの言葉で「調子づくな」という意味だという。向田邦子は、ここぞという時に、変わった、特別の、いわばとっておきの言葉を使うのがうまいが、この「おだつ」もそのひとつだろう。

脳卒中で倒れてから宅次は、「過ぎた女房」の負の部分を意識するようになる。明るさのうしろにある厚かましさ、無邪気と隣り合わせの無神経さ、可愛さとほとんど同義語である愚かさ。

「火事も葬式も、夫の病気も、厚子にとっては、体のはしゃぐお祭りなのである」

病気の宅次は、ある日、大学時代からの友人の電話で、厚子が宅次の知らないところでその友人をはじめ、会社の人間、近所の銀行の人間、主治医など五人を集めて「宅次の今後のことを相談する集り」を開くことを知る。宅次はそれを聞いて驚く。

妻の秘密と嘘は、必ずしも、男女関係のなかだけにあらわれるものではない。しっかり者の妻もまた、秘密と嘘を作る。こわい話である。片方で、秘密と嘘のない「寺内貫太郎一家」や『父の詫び状』を書いた向田邦子が他方で、こういう、無邪気でありながら同時に利己的な妻を、生き生きと描き出してしまう。向田邦子のすごさである。父親のつらさ、悲しさ、優しさを理解するしっかり者の長女は、同時に、女性の、いや、人間の持つ不可解さに敏感な、冷静な観察者でもある。

「かわうそ」の面白さ、すごさは、さらにその先にある。宅次が、大学時代の友人から電話をもらい、妻の厚子がひそかに「宅次の今後のことを相談する集り」を開こうとしていると知ったあと、宅次は、いや、作者は読者が思いもかけなかった驚くべき、夫婦の秘密を読者に明らかにする。

夫婦のあいだには実は星江というひとり娘がいた。三歳の時に急性肺炎で亡くなった。ある朝、宅次は星江の様子がおかしいのに気づき、娘を医者に診せるようにと厚子にいって出張に出かけた。三日後、出張先に電話があり、なんと娘は危篤だという。あわてて帰京したが、娘はもう亡くなっていた。厚子によれば医者に電話したが、取次の手違いで往診が一日遅れたという。そういって厚子は泣いた。医者は新しく入った見習いの看護婦の落度だと、宅次に頭を下げた。

そのあと、宅次は偶然、駅で、結婚のために田舎に帰るというその看護婦に会った。彼女は宅次を認めると、いいにくそうにこういった。「あの日、電話はなかったんですよ」。厚子が往診を頼んだのは次の日だった。前の日はクラス会だった。

「過ぎた女房」の嘘に宅次は愕然とする。この事実だけでも相当にこわいのだが、この小説が読者の心を冷んやりとさせるのは、宅次が妻の嘘を知ったあとも、それで妻をなじることなく、なにごともなかったように前と同じ生活を保ってゆくところにある。

夫婦のあいだにも、いや、夫婦のあいだだからこそ、というべきか、秘密と嘘がある。それを知ったうえで夫婦であり続ける。向田邦子の成熟した視点であると同時に、世の夫婦を見る冷ややかな目を感じさせる。

専業主婦とキャリアウーマン

「かわうそ」の妻の秘密と嘘に比べれば、テレビドラマ「隣りの女」の二十八歳になる妻、サチ子のはかない恋はまだ可愛いものかもしれない。

結婚して七年になる。夫は普通のサラリーマン。西武池袋線の大泉学園駅から歩いて五分のところにあるアパートに住んでいる。子供はいない。夫の月給だけではきついのでサチ子は洋裁の内職をしている。毎日、部屋でミシンを踏んでいる。

「幸福ともいえないが取り立てて不幸でもない」生活。それが、ある時からサチ子には不満に思われてゆく。「夫の給料をやり繰りして、食事の用意と掃除洗濯と内職で毎日が過ぎてゆくんだな、という実感があった」。このままでいいのか。

戦後、林芙美子が「めし」で描いた、平凡な主婦の心にひそんだ不安、不満である。それがより深まっている。この作品がテレビドラマで放映された昭和五十六年（一九八一）といえば、「女性の自立」がいわれ、「キャリアウーマン」が台頭していた頃である。前年、『思い出トランプ』所収の「花の名前」「かわうそ」「犬小屋」で直木賞を受賞した向田邦子自身がそうした時代を代表する、さっそうとした自立するキャリアウーマンだった。

世の中が自立する女性をもてはやせばもてはやすほど、「キャリアウーマン」の対概念となった「専業主婦」の不安は強まる。自分は、世の中の流れから取り残されているのではないか。

「隣りの女」のサチ子はミシンを踏み続けながら、自分が幸福でも不幸でもなく、このまま所帯じみてゆくのではないかと不安にとらわれている。

アパートの隣りにたまたま水商売の女がいる。男関係が派手で、よく昼間から男と抱き合っている。二人の声がアパートの壁を通して聞えてくる。それがサチ子の不安に拍車をかける。そして、高台からジャンプするように思い切った恋愛へと飛びこんでゆく。

テレビではサチ子を演じたのは桃井かおり、隣りの水商売の女、峰子を演じたのは浅丘ルリ子。

「水商売ってのは七年やれば一人前だけど、結婚てのは七年じゃ駄目なのねえ」と水商売の峰子はいうが、この作品は、「おんな」と「妻」の対比であると同時に、「社会に出て働いている女」（水商売の女もキャリアウーマンである）と「主婦」の対比にもなっている。そして「妻」「主婦」が一瞬ではあるが「おんな」「社会に出て働いている女」を羨しく思い、同じように恋へと身をゆだねる。夫に隠れて他の男と関係を持つ。

しかし、彼女なりの分別があり、一生に一度の恋は三日で終る。熱に浮かされ、男

（テレビドラマでは根津甚八）を追ってニューヨークにまで行く。ミシンを踏み、夕食に肉を我慢して鯛のアラを買うようなつつましい主婦がいくら恋の熱に浮かされたとはいえ、こんな思い切ったことをするかはやや疑問だが、考えてみれば、サチ子は、はじめからこれは一時の恋と割り切っていたからこそ、大胆にニューヨークまで行けたのかもしれない。その意味で彼女は昔の「耐える女」「忍ぶ女」とは違う。「行動する女」で、そこに現代性がある。まさに彼女がいうように、「（夫以外の男と通じた江戸時代の）西鶴の女は殺されたが、現代の女はやり直すことが出来る」。男性から見れば、いっとき、主婦の恋の相手をさせられただけ、ということになる。

麻田というこの男は、実は、隣りの峰子のところによく来ていた峰子の遊び相手のひとり。画材屋で働いている。山好きで、よく谷川岳に登るらしい。そのために上野駅から高崎線、上越線の各駅の名前をそらでいえる。「上野。尾久。赤羽。浦和」「行田《ぎょうだ》。熊谷。籠原《かごはら》。深谷」「後閑《ごかん》。上牧《かみもく》。水上《みなかみ》。湯檜曾《ゆびそ》。土合《どあい》」。麻田は寝物語のように峰子に、駅名をいってゆく。まるで詩のように聞える。サチ子は壁越しにこの未知の駅名を聞いて、麻田という男に惹かれたのだろう。この男なら列車のように自分を遠くまで運んでくれるかもしれない。

この駅名の朗誦も、向田邦子の得意な、とっておき、ここぞの名セリフといえよう。うまい仕掛けである。もっともこれには、井上ひさしの「日本人のへそ」(『井上ひさし全芝居　その一』新潮社、一九八四年)に、東北本線の駅名をすべていえる男という前例があるが。

隠れ蓑願望

向田邦子は、「胡桃の部屋」のように、家族の外へ出てゆく父親に寛大だった。社会に出て働く男には、家庭の外に一種の隠れ家のようなところがあってもいいと考えていた。長年、家族のために働いてきた男は、秘密と嘘を持ってもいいと許していた。

「だらだら坂」(『思い出トランプ』)はそういう一篇として読むことが出来る。叩き上げの中小企業の社長が、会社の事務員として試験を受けに来た若い女性を麻布のマンションに囲う話である。

中年あるいは初老の男性が、家族に隠れて若い女性と関係を持つ。おなじみの話。高島俊男のいう「向田邦子の金太郎アメ」である。しかし、この小説は、ただ、好色なおやじが金の力にものをいわせて若い女を性的対象とだけ見て囲い者にするといった、よくある作品とは少し違って、庄治という中小企業の社長の悲哀のようなものが感じられて、読みごたえがある。

庄治は苦労人である。社長になって運転手付きの車に乗るようになっても、タクシーに乗るとメーターが気になる。電気通信学校卒の叩き上げで、お茶だ料理だと稽古事に熱中している妻や、ピーテーエーやダンスパーテエと発音すると馬鹿にする息子や娘をうっとうしく感じている。

囲っている女は、そんな庄治らしく、派手な水商売の女ではなく、北海道の積丹《しゃこたん》半島の村の出身で、田舎臭い女の子である。食品を包むラップを見たことがなかったというような女の子だから、劣等感を感じずにすむ。

大柄で太っている。面接の場で、服装は野暮ったく、受け答えも鈍重だった。高校の成績も中の下だし、ろくな係累もない。当然、面接では落ちた。庄治も「いまどきの女の子にも、こういうのが居るんだなあ」といいながらバツ印をつけた。

にもかかわらず庄治には、そのいまどきの女の子らしくない野暮ったいところが気に入った。劣等感を感じずにすむし、年齢からいって戦争中に十代をおくっているから甘い青春などとは無縁だったと思われる庄治には、この女の子が、自分の青春時代、あの頃の女の子に重なって見え、懐かしく思ったためかもしれない。

とりえは色白であること。よく見ると細い目も可愛い。「馴染んでかれこれ一年になるが、何度見ても細い目だなと思う。目というよりあかぎれである。笑うとあかぎれが口をあいたようになった」。向田邦子は、たとえがうまい。細い目をあかぎれに見立てていてこのトミ子という女の子の素朴さを描き出している。「あかぎれ」という言葉もいまや死語になっている。死語でたとえられるところにトミ子の、いまどきの女の子ではない良さが出ている。

庄治はトミ子の部屋に来るとくつろげる。苦労していた若い頃の自分をそのままさらけ出せるからだろう。

「この部屋では、いい格好もしなくて済んだし、体裁をつくることもいらなかった」

「風呂からあがり、腰に湯上りタオルを巻いただけで畳にあぐらをかき、枝豆と冷奴でビールを飲めた。そのへんの惣菜屋で買ってきた薄い豚カツにソースをじゃぶじゃぶかけて食べ、夕刊を三面記事から先に読んでもかまわなかった」

このあたり、小津安二郎監督「淑女は何を忘れたか」（一九三七年）の、品のいい奥さん（栗島すみ子）に隠れて、学生の下宿に遊びに行き、好きなメザシを食べる大学教授

（斎藤達雄）を思わせる。

　庄治がトミ子を囲った時は、無論、彼女を性的対象と見ていたのだが、マンションに通ううちにトミ子とのひとときが、隠れ家でのくつろぎになる。トミ子といるときは、仕事のことも、家族のことも忘れられる。世のしがらみから離れて、いっとき、都市の中で匿名の個人になれる。永井荷風『濹東綺譚』にも通じる「隠れ蓑願望」である。

　女性から見れば男の身勝手だが、向田邦子は決して庄治を否定していない。むしろ、彼が妻や子供たちに対して秘密と嘘を持つことを許している。自身、社会の第一線で仕事をする女性である向田邦子には、世間からいっときこぼれおちて、ひとりきりになりたいという「隠れ蓑願望」があったのだろう。

　庄治の隠れ家は、しかし、いつまでも、くつろげる場所ではない。トミ子は次第に「物をいう女」「主張する女」に変ってゆく。ある日、庄治が海外出張から戻ってみると、トミ子は水商売をしている〝隣りの女〟にすすめられ、美容整形の手術を受けていて、目を二重まぶたにしてしまっている。いまどきの女の子には見られない「あかぎれ」が好きだったのに、それを変えてしまった。庄治は悄然とトミ子の部屋を去ってゆくしかない。もともと男の身勝手からの隠れ家だったのだから、それが失なわれたからといって誰にも怒ることは出来ない。あきらめるしかない。

「濹東綺譚」の「わたくし」は、玉の井の私娼、雪子からいつとはなく離れていったが「だらだら坂」では男の方が、若い女性に裏切られてしまう。トミ子は素朴に見えながら案外、現代の強い女性である。

テレビドラマ「阿修羅のごとく」の七十歳になる父親（佐分利信）も、隠れ家でひそかに会う女性（八木昌子）に、ある日、自分は結婚することになったからもう別れたいといわれ、女性のもとから去らざるを得ない。

そして病床にいる妻（大路三千緒）のところへ行くと力なく「母さん、フラれたよ。フラれて帰ってきたんだ。ハハ」と自嘲する。

この妻はまもなく亡くなってしまうのだが、実は、夫の秘密と嘘、夫が何年も若い女性と関わっていたことを知っていた。妻としての誇りから知っていることを黙っていた。ここでも向田邦子は、家族のなかには秘密と嘘があって当然だと冷然としている。

「阿修羅のごとく」には男性読者としては、そこまで書くかといささか驚かざるを得ない、母親のもうひとつの秘密と嘘がある。

母親が亡くなったあと四人の娘（加藤治子、八千草薫、いしだあゆみ、風吹ジュン）が遺品を整理する。いわばハンドバッグの中味を調べるようなもの。

そして、たんすの底にしまわれた古い着物のなかから出てきた昔風の春画を見つけて、一同、驚く。三女（いしだあゆみ）はいう。「あたし、やだな、自分の親が――こんなもの、何十年も持ってたかと思うと、ナマグサくて――」。それに対して長女（加藤治子）は母親を肯定する。「お母さん。いいとこ、あるじゃない」。

母親の遺品にあった春画に四姉妹がそれぞれの反応を示すのだが、死んでから娘たちに秘密をあばかれているようで母親が気の毒になってしまう。向田邦子は、こういうところで容赦がない。決して、いつも優しく、温かい作家ではない。

子供の温かい嘘

テレビドラマ「冬の運動会」もまた、家族のなかの秘密と嘘をめぐる物語である。七十三歳になる父親（志村喬）は、妻に先立たれて息子夫婦（木村功、加藤治子）と一緒に暮している。二十五歳になる孫（根津甚八）もいる。

元軍人で堅物に見える父親だが、若い女性（藤田弓子）といい仲になっていて、家族に隠れて彼女の家に通う。

差し向いでこたつに入り、一緒にポップコーンを食べながら「一日長いよ長野県」「こういう暮しが秋田県」「あたしも年を鳥取県」など県尽しの駄じゃれの会話（これが笑わせる）を楽しむ。

ここでも、老いた父親にとって、この加代という女性の家は、妾宅などというより、隠れ家であり、ひそかなくつろぎの場である。娘のような加代のことを「加代ちゃん」と呼ぶ父親は、長いあいだの軍人という堅苦しい衣裳を脱ぎ、匿名の個人になっている。

加代はそんな老人のことを弟（大和田進）にこう評する。

「（息子の嫁は）キチっとして、息が抜けないんだってさ、だから、ここへくると『これが人間の暮しだなあ』。しっ散らかってりゃしっ散らかってるほどほっとすンだってさ、『ああ、命の洗濯だ』って」

男の身勝手であるかもしれないが、向田邦子はやはり、父親の「隠れ蓑願望」を肯定している。家族のために肩肘張って生きてきた元軍人の父親が、路地裏の女の家で、ひっそりとくつろいでいるのを許している。男にはこういう秘密と嘘があっていい。

偶然、この家で祖父がなんと洗濯をしている姿を目撃した孫の菊男は思う。

「じいちゃんは、こんな暮しがしたかったのだ。親代々、軍人のうちに生れて背筋を伸し膝も崩さない暮しではなく、居ぎたなく散らかして、体面や体裁、そんなもののない暮しがしたかったのだ。この暮しを続けるために胸を張って嘘をつき、言い逃れをし通してきたのだ」

明らかに祖父の秘密と嘘を肯定している。「冬の運動会」はその意味で徹底していて、息子（木村功）は、子供のいる未亡人（市原悦子）の家へ足繁く通うし、孫の菊男は菊男でなぜか靴屋の夫婦（大滝秀治、赤木春恵）と親しくなり、まるで息子のようにその夫婦になつき、食事までそこでするようになる。

祖父、父親、子供。三代にわたって秘密と嘘を持ち、家の外に、もうひとつの家、隠れ家を作る。凄い話である。それでいてなお、この家族は、壊れることなく、家族として平穏を保ってゆく。「温かい家族」というより「温かくて冷たい、冷たくて温かい家族」である。ホームドラマであって、ホームドラマではない。本当の家庭の向うに、もうひとつの家庭を見ている。独身で家庭を持たなかった向田邦子には、こういう家族のほうがリアルに思えたのだろう。

最後に、子供のけなげな嘘を紹介しよう。

「大根の月」（『思い出トランプ』）は、料理中に誤って小さな息子の小指の先を包丁で切ってしまい、そのために夫と夫の母親から離縁されてしまう女性の物語。その後、保険の仕事をしながら一人暮しを続けていた彼女のところへ、ある日、夫がやってくる。離婚の判をくれというのかと思ったらそうではなかった。こんな話をして「戻ってくれ。たのむ」という。

こんな話とは小学一年生になった息子のこと。同級生に、短い人指し指をからかわれた息子は、担任の先生によると、怪我の理由として、いろいろな嘘をいっているという。「スポーツカーのドアにはさまれたんだ」「飼っている亀に食いつかれた」「おばあちゃんに包丁で切られちゃったんだよ」。「母親のことは、ひとことも言っていないと聞いて、英子は涙がポタポタこぼれた。秀一は黙ってハンカチを押してよこした。何日使ったのかハンカチはねずみ色に汚れていた」

けなげな子供の「温かい嘘」である。母親はこの嘘によって救われている。「ハンカチはねずみ色に汚れていた」の一行も効いている。この夫婦はよりを戻すことになるのだろう。

最終章

向田邦子と東京の町

山の手の生れ育ち

向田邦子は昭和四年（一九二九）、東京府荏原《えばら》郡世田谷町若林（現在の世田谷区若林。松陰神社の近く）の生まれ。

その後、保険会社の社員だった父親の転勤によって宇都宮市、鹿児島市、高松市に住んだこともあるが、人生の時間でいえば地方都市より東京で暮したほうが長い。だからあるエッセイで「私は東京の山の手の生れ育ち」（「人形町に江戸の名残を訪ねて」、『女の人差し指』）と書いている。地方で暮したといっても、それはあくまで父の転勤によって生じた仮の暮しであって、自分は「東京の山の手の生れ育ち」という意識を強く持っていた。

深田祐介との対談（『正論』一九八〇年十二月号）では、こう語っている。

「生まれたのが世田谷の松陰神社、育ったのが祐天寺、学校が麻布でございまして、今住んでいるのが青山……だから私、江戸っ子っていうんじゃなくて東京っ子っていう実感が強いですね」

「東京っ子」とは「東京の山の手の生れ育ち」と置き換えてもいい。生まれた世田谷、育った目黒区の祐天寺、学校（実践女子専門学校）があった麻布、そして最後に住んだ青山、といずれも「東京の山の手」。

ちなみに実践は現在の感覚では「麻布」というより「青山」か「渋谷」だろう。

生れた世田谷と、育った祐天寺はいずれも大正十二年（一九二三）の関東大震災のあと、東京の西への発展の過程で開けていった郊外住宅地で、「山の手」と呼ぶにはやや抵抗がある。新興の町であって「西東京」と呼びたいが、向田邦子は「山の手」という。一般にも、目黒区、世田谷区、杉並区は「山の手」と呼ばれることが多いので、確かに不思議ではない。

震災後、東京は西へと急速に発展してゆき、昭和七年（一九三二）の市区大改正によって渋谷区、目黒区、世田谷区、杉並区などが誕生し、新興の住宅地が東京府下から府内に昇格してゆく。

向田邦子が物心ついたのは、この西東京の発展期であり、だからこそ、「山の手の生れ育ち」という意識が強かったのかもしれない。

そのためだろう、向田邦子の作品には下町はほとんど登場しない。「寺内貫太郎一家」は谷中を舞台にしているが、谷中は、隅田川の西側（江戸城側）であって、深川や本所《ほんじょ》のようないわゆる川向うの下町とは少し違う。短篇「胡桃の部屋」（『隣りの女』）で、家を出た父親がおでん屋の女と侘び住まいする鶯谷《うぐいすだに》も同様である。

テレビドラマ「幸福」が珍しく大森南から糀谷《こうじや》あたりの町工場の多い大田区を舞台にしているが、あのあたりも下町というより京浜工業地帯の町で、隅田川の東の深川や本所とは少し違う。

向田邦子の作品の多くがホームドラマであるために、舞台は当然のように、住宅地になり、それは、目黒区や世田谷区、杉並区といった戦前の昭和に発展したところが選ばれる。

その点で、一九七〇年代以後、新しく発展してゆく多摩地区の郊外住宅地（アメリカふうにサバービアと呼ぶのがふさわしい）を舞台に「岸辺のアルバム」や「それぞれの秋」を書いた山田太一と違っている。

山田太一が「現代の東京」に注目したのに対し、向田邦子は「戦前昭和の東京」にこだわった。七〇年代から八〇年代にかけて完全に消えてしまった「戦前昭和の東京」を愛惜し続けたためである。縁側のある家や卓袱台のある暮し。向田邦子にとっては、関東大震災のあとに生まれた東京郊外の暮しこそが、自分の「故郷」だった。

戦前昭和の東京

昭和十一年（一九三六）に向田家は、宇都宮から東京の目黒区中目黒に移る。いや向田家にとっては移る、引っ越す、というより東京に戻ったという思いだろう。向田邦子が小学一年生の時。

しかし、この東京生活は短かく、三年後にはまたしても父親の転勤によって鹿児島市への転居を余儀なくされる。昭和十六年（一九四一）には鹿児島市からさらに高松市へ移り、昭和十七年（一九四二）になってようやく向田家は東京に戻ることが出来、今度は目黒区中目黒四丁目に住むようになった。

小学生だった向田邦子も、東京市立目黒高等女学校の女学生に成長していた。向田家はこの中目黒の家に戦後の昭和二十二年（一九四七）まで住むことになるのだが、私見ではここが向田邦子にとって愛惜してやまない、終生の思い出の家、転校ばかり繰返していた子供にとってははじめての安らぎの家になったのだと思う。その意味で向田邦子は

「東京っ子」であると同時により細分化していえば「中目黒っ子」である。

たとえば「胡桃の部屋」の一家が住む場所が目黒に設定されているだけではなく、「あ・うん」（一九八〇）の舞台が芝白金三光町と広尾、「家族熱」が田園調布なのは、どちらも中目黒の延長と考えていい。「阿修羅のごとく」の次女（八千草薫）が住む家が阿佐谷なのも、そこが「戦前昭和の東京」という共通項があるからに違いない。阿佐谷も中目黒と同様に、震災後に開けた新興住宅地であり、市中へと通うサラリーマンの町であり、そして、東京空襲の被害が比較的少なく、一九七〇年代になっても、まだかろうじて昭和の文化住宅が残る、懐かしい町だった。

向田邦子が愛惜した東京の町は、震災後に生まれ、東京空襲を生きのび、やがて東京オリンピックの頃から消えてゆき、バブル経済期に完全に消えてなくなる「戦前昭和の東京」だった。消えてゆく町だったからこそ愛惜せずにはいられなかった。

向田邦子のドラマの多くを手がけてきた演出家、作家の久世光彦は、向田邦子より六歳年下の昭和十年生まれだが、やはり杉並区の阿佐谷という「戦前昭和の東京」というべき町で生まれ育っている。二人には、あの時代への強い郷愁があり、それが二人を結びつけていたのだと思う。

向田邦子亡きあと、毎年のように正月に久世光彦は向田ドラマを演出し続けてきたが、ほとんどは、「戦前昭和の東京」を舞台にしている。加藤治子演じる母親、田中裕子演じる娘の一家が住む家は、しばしば、大田区（当時は大森区）の池上本門寺あたりに設定されている。大森区も昭和七年の東京市の市区大改正によって誕生した区であり、この町が向田邦子における「中目黒の家」に見立てられていたことは間違いない。

「寺内貫太郎一家」の舞台となった谷中は下町ではあるが、東京空襲の被害を比較的受けずにすんだ町で、戦前の木造家屋を二十一世紀のいまもいくつも残している懐かしい町である。向田邦子は、だから谷中にも「戦前昭和の東京」を見た。谷中も向田邦子にとってもうひとつの中目黒だった。

「寺内貫太郎一家」の演出を手がけた久世光彦は回想記『夢あたたかき――向田邦子との二十年』（講談社、一九九五年）のなかで、向田邦子は撮影の初日には必ずセットに来て、谷中の寺内家の様子を見て楽しんだと書いている。

「作者がこれからも書きつづけるドラマのセットを見にくるのは別段珍しいことではないが、あの人は外側から眺めるだけではなく、靴を脱いでセットへ上がり込み、台所から廊下、廊下から風呂場と、ゆっくり確かめるように歩くのだった。いかにも懐かしそうに、畳を踏みしめ、木枠の窓を開け、真っ白な障子に触ったりした。目黒の家がこうだった、天沼《あまぬま》ではこうだったと、昔、自分が住んでいた家の話もよくした」

空襲で焼け残り、いまだに畳や障子のある暮しをしている寺内家の住まいに、向田邦子は、懐かしい「戦前昭和の東京」の小市民の家を見たのである。父がいて母がいて、子供たちがいる、あのいまは失われた懐かしい家。当時、向田邦子は終《つい》の住処《すみか》となる南青山の新しいマンションで暮していたから、いっそう、寺内家の古い住まいに懐かしいわが家を重ね合わせたのだろう。

久世光彦の文中、「天沼の家」とあるのは、昭和三十七年（一九六二）、前年、長年勤めた保険会社を退職した父が、荻窪（杉並区本天沼三丁目）に建てた家のこと。それまでは井の頭線沿線、久我山の社宅に住んでいた。退職してはじめて自分の家を持ったことになる。「戦前昭和の東京」では借家が普通だったから決して珍しいことではない。転勤が多かったから借家、社宅のほうが便利だったということもあるだろう。

向田保雄の『姉貴の尻尾』によれば、「天沼の家」は父親が退職金を全部はたいて建てた家で、「平家建て」だったという。おそらくは「中目黒の家」に近いものだったのではないか。当時、シナリオ作家として仕事をはじめていた向田邦子はまだ経済的には豊かとはいえなかったが、それでも「姉は持ち金で二階に二部屋造った」。社会に出て働く女性として、また長女として父親を援助したことになる。

家が出来上がり、「家の中が片付いて家族がそろった晩、姉は父に酒を注いだ」。娘のお酌で酒を飲む。父親はうれしかったことだろう。戦前の中目黒の家での一家団欒《だんらん》が再現されているようだ。「天沼」が、中目黒同様、震災後に開けた郊外住宅地であり、東京空襲の被害が少なかった町であることはいうまでもない。

傘を持ってお迎え

昭和七年（一九三二）の市区改正によって目黒区が成立して以来、区内の人口は増加し続けた。向田家が高松市から戻って中目黒四丁目に住むようになった昭和十七年（一九四二）には、戦前最高の二十一万三千八百六十三人を記録した（『角川日本地名大辞典13東京都』角川書店、一九七八年）。大正十四年（一九二五）の人口が六万三千人だったことを考えるといかに急激に増大したかがわかる。

この発展には鉄道の開通が大きく関係した。とくに昭和二年（一九二七）に渋谷―丸子多摩川（現在の多摩川駅）間に開通した東京横浜電鉄（現在の東急東横線）の存在が大きかった。

目黒区内の中央を縦貫するこの電車によって宅地開発が進み、各駅前には商店街が作られていった。

向田家は目黒区内で、三度転居している。

はじめは昭和十一年（一九三六）、宇都宮市から東京に戻った時で、中目黒三丁目に。次は翌昭和十二年（一九三七）に下目黒四丁目に。この当時、向田邦子は小学生で区内の油面《あぶらめん》尋常小学校（現在の目黒区立油面小学校）に通っている。この小学校の創立は、震災後の大正十三年（一九二四）。震災後の東京の西への発展を物語っている。

三度目の転居は、昭和十七年（一九四二）、高松市から東京に戻った時で、中目黒四丁目に移り住んだ。

この三軒のうち向田邦子は随筆「隣りの匂い」（『父の詫び状』）では、小学校一年生の時に住んだ中目黒三丁目の家のことを懐かしく思い出している。

それによれば、昭和はじめの郊外住宅地で数多く見られた和洋折衷の文化住宅だったという。「玄関の横に西洋館のついた、見てくれはいいが安普請の、同じつくりの借家が三軒ならんでいた」。「西洋館」とは少しオーバーで「洋間」のことだろう。

三軒のうち一軒は小学校の校長先生の家、もう一軒は歯科医の家だったというから、中産階級の三軒家といっていいだろう。この家に決めたのは隣りに教育者が住んでいたためだという。ところがこの校長先生は自由放任主義だったので、「私はその家の女の子と天下ご免で遊び廻り、あてのはずれた母は落胆していたようであった」。

右隣りの歯科医の家では、のち昭和十二年（一九三七）六月に歯科医の夫が、夫婦喧嘩の果てに妻を殺すという思いもかけない事件が起きた。向田家が九月に下目黒四丁目に引越しをするのはそのためと思われる。

昭和十七年（一九四二）に高松市から戻って住んだ中目黒四丁目の家は、三軒のなかで一番長く住んだところで、前述したように、ここが向田邦子にとって懐かしいわが家になった。

最寄りの駅は東横線の祐天寺駅。

「知った顔」（『霊長類ヒト科動物図鑑』）のなかで、よくこの駅で父を見送ったり、雨が降り始めた日など夕方、傘を持って迎えに行ったりした思い出を書いている。

「夕方になって雨が降り出すと、傘を持って駅まで父を迎えにゆかされた。今と違って駅前タクシーなど無い時代で、改札口には、傘を抱えた奥さんや子供が、帰ってくる人を待って立っていた」

戦前昭和の郊外住宅地の小市民的風景である。夕方になって雨が降り始めると、勤めから戻る父親が雨に濡れないようにと、母親や子供が傘を持って駅に迎えにゆく。

これは杉並区での光景だが、荻窪に住んだ劇作家、伊馬鵜平《いまうへい》（戦後、春部《はるべ》と改名）に「春の出迎え」（昭和十年）という短篇小説があり、そこには、雨が降り出した日の夕方、荻窪駅の様子がこんなふうに描かれている。

「今日の天気予報はよくあたって、お昼過ぎからポツリポツリと雨が降ってきた。さあ、こうなると郊外の荻窪駅なんか大変である。女中さんと若奥さんや子供たちで黒山の人だかり。（略）それぞれお勤めからお帰りの旦那さまや御主人やお父さんやを、傘を持って出迎えに来ているのである」

杉並区の荻窪のことだが、同じように震災後に開けた郊外住宅地、中目黒の向田家の最寄りの駅、祐天寺駅でも「傘を持ってお迎え」がされている。

「父に傘を渡し、うしろからくっついて帰ってくる。父は、受取るとき、

『お』

というだけである。

ご苦労さんも、なにもなかった。帰り道も世間ばなしひとつするでなく、さっさと足早に歩いていた」

父が無愛想なのはいつものこと。それでも銀座にある会社から電車を乗り継いで（おそらくは地下鉄で渋谷に出て、東横線に乗り換え）祐天寺の駅に着いたら女学生の娘が傘を持って迎えに来ていたのだから、内心うれしかったに違いない。

小市民

郊外住宅地に住む小市民のささやかな幸せだろう。向田邦子が生まれた昭和四年（一九二九）頃から日本映画には「小市民映画」という新しいジャンルが作られるようになった。とりわけ震災後の大正十三年（一九二四）に松竹蒲田の撮影所長になった、当時としては珍しい東京帝大出の映画人、城戸四郎の手によってすすめられていった。

それまでの新派的な人情劇は、震災後のモダン都市社会へと向かう大きな変化のなかで時代に合わなくなっていた。そこで城戸四郎は「小市民」という新しい階層に着目し、彼らの日常生活を描く作品をめざした。「小市民」とは「プチ・ブルジョアジー」の訳語で、資本家でもないし労働者でもない中間の階層をいう。具体的には、大正期、第一次世界大戦後の日本社会の工業社会化にともなって増大した都市のホワイトカラー、サラリーマンである。

小市民映画では、東京の郊外住宅地に住み、都心の会社に通っているサラリーマンの家庭が描かれる。小津安二郎監督の「生れてはみたけれど」(一九三二年)、島津保次郎監督の「隣の八重ちゃん」(一九三四年)、同じく島津監督の「兄とその妹」(一九三九年)などの小市民映画はいずれも、東京の郊外住宅地に住むサラリーマン家庭の物語である。どの家庭も、中目黒の向田家と似たりよったり。

ちなみにこの小市民映画の流れが、テレビ時代になってホームドラマの源流になる。郊外住宅地に育った向田邦子がテレビドラマのシナリオを書くようになった時、それがホームドラマになったのはその意味で自然なことだった。

中目黒四丁目がどういう家だったかについては向田邦子は書いていないが、おそらくは『あ・うん』の、転勤の多いサラリーマン水田仙吉が昭和十年(一九三五)、東京に戻って住むことになる芝白金三光町の木造二階家に近い家だったのではないか。

縁側、雨戸、薪で焚く風呂。庭があり踏み石が庭木戸へと続いている。戦前の東京に普通に見られた家である。文・小幡陽次郎、図・横島誠司の『名作文学に見る「家」』

（朝日新聞社、一九九二年）には、谷崎潤一郎『細雪』で描かれた蒔岡《まきおか》雪子の芦屋の家や、北杜夫『楡家《にれけ》の人びと』の青山の楡病院などと並んで向田邦子『あ・うん』の芝白金三光町の家の間取りが紹介されている（『あ・うん』を読んで、おそらくこうだろうと想像したもの）。

現代では急速に消えかけている昭和の小市民が暮した木造住宅が再現されている。

空襲の夜に

昭和二十年（一九四五）三月十日、この中目黒の家が空襲にさらされた。下町に壊滅的な打撃を与えた東京大空襲だが、一部、西東京でも被害はあった。

「ごはん」（『父の詫び状』）に、当夜の「修羅場」のことが書かれている。

当時、市立目黒高等女学校の女学生だった向田邦子は、その夜、寝入りばなを警報で起された。

「（略）おもてへ出たら、もう下町の空が真赤になっていた。我家は目黒の祐天寺（注・ここは駅のことではなく寺のこと）のそばだったが、すぐ目と鼻のそば屋が焼夷弾の直撃で、一瞬にして燃え上った」

父親は隣組の役員をしていたので逃げるわけにはいかない。母親と長女の邦子に残って家を守れといい、中学一年の息子（保雄）と八歳の娘（和子）には、近くの競馬場跡の空地に逃げるように指示する。次女の迪子《みちこ》は学童疎開で甲府に行っていた。

ちなみに競馬場跡というのは、明治四十年（一九〇七）に開設された「目黒競馬場」があったところ。昭和八年（一九三三）に府中市に移転（東京競馬場）したあと、しばらく空地になっていた（現在の下目黒五丁目あたり。目黒通りには元競馬場前というバス停がある）。そこが避難場所になった。

父親は、母親と長女邦子に残って家を守るように言い付けた。火が近づいてくるなか、二人は水を浸した火叩きで火を消してまわる。

「火の勢いにつれてゴオッと凄まじい風が起り、葉書大の火の粉が飛んでくる。空気は熱く乾いて、息をすると、のどや鼻がヒリヒリした」

向田邦子は、戦争を知っている世代だが、その作品でほとんど戦争を描いていない。戦後の混乱期を生きてきたのに、作品には、復員兵も戦争未亡人も戦災孤児もまず登場しない。そんななかで東京大空襲の体験を描いた「ごはん」は異色といっていい。

火は庭から家へと迫る。父親は「かまわないから土足で上れ！」と叫ぶ。「私」は母親と二人で土足で畳の上にあがり、火消しに努める。そして、幸いなことに家は燃えずに済む。

「三方を火に囲まれ、もはやこれまでという時に、どうしたわけか急に風向きが変り、夜が明けたら、我が隣組だけが嘘のように焼け残っていた。私は顔中煤《すす》だらけで、まつ毛が焼けて無くなっていた」

奇跡的に助かったといっていい。もし風向きが変らなかったら家に火がまわり、大変なことになっていただろう。

それにしても、父親はなぜ、母親と長女に残って家を守れ、といったのか。なぜ、二人を危険にさらすようなことをしたのか。

ひとつには、空襲の怖ろしさを分かっていなかったこともあるが、それ以上に大事なのは、当時、防空法八条によって、防空上必要ある時はその区域から退去してはならない、違反すれば処罰されると明記されていたこと。火災が発生しても避難を禁じ、消火活動をするように上からお達しがあった。逃げれば非国民扱いされる。三月十日の東京大空襲で下町にあれだけの死者が出た一因には、避難を禁じた防空法の存在があった。

隣組の役員をしていた父親が、自分も残り、かつ母親と長女に残って家を守るようにと、いま考えれば無謀な指示を与えたのは、父親が防空法を意識していたからだろう。戦争は確実に郊外住宅地に住む小市民の家庭に入りこんでいた。

また「ごはん」によれば、当時、女学校の三年生の向田邦子は、軍需工場に動員され、旋盤工として風船爆弾の部品を作っていたが、栄養状態が悪いためか脚気《かっけ》になり、三月十日の頃は、工場に行かず中目黒に居たという。

もっとも、その三月十日の昼間には、蒲田に住んでいた級友に誘われて潮干狩(東京湾だろう)に行っているから、だいぶ良くはなっていたと思う。それでも工場に戻らなくてもよかったのか。このあたりの事情はよくわからない。

結局、三月十日の空襲で向田家は全員が無事だった。家も焼けずにすんだ。恵まれているといわねばならない。そしてこの中目黒の家で終戦を迎える。

麻布時代

昭和二十二年(一九四七)四月、実践女子専門学校国語科に入学。一家は、父のまたしてもの転勤によって仙台に転居したが、大学に入学したばかりの邦子とすぐ下の高校生の弟保雄は東京に残り、母方の祖父母の家に預けられることになった。保雄が『姉貴の尻尾』でいう「麻布時代」である。

中目黒の家では猫を飼っていた。

随筆「ごはん」には昭和二十年当時、空襲警報が鳴ると「飼猫のクロが仔猫をくわえてどこかへ姿を消す」とある。敗色濃い時期、人間が食べるものも不足しているというのに向田家で猫を飼っていたのには驚く。

妹、向田和子の『かけがえのない贈り物』によれば、昭和二十二年に中目黒から麻布まで飼っていた三毛猫を歩いて連れていったという。食糧難の時代に、猫をこれほど大事にするとは。どこか苦労知らずの山の手のお嬢さんという感じがする。

祖父母の家（借家）は麻布《あざぶ》市兵衛町《いちべえちょう》にあった。松田良一『向田邦子 心の風景』によると、この家は、その後、高速道路建設のために取り壊されて、残っていないという。現在の地下鉄、南北線の六本木一丁目駅のあたり。

麻布市兵衛町はいうまでもなく永井荷風の偏奇館のあったところ。偏奇館が三月十日の東京大空襲で焼失したように、このあたりは三月十日に大きな被害を受けた。とすると、祖父母の家はたまたま焼け残ったのか。

随筆「金襴緞子《きんらんどんす》」（『眠る盃』）によると――

「祖母のうち、つまり私の母の実家は建具職である。上州屋といって、もとはかなり手広くやっていたというが、その頃（昭和二十二年頃）は落ちぶれて、大きなお屋敷に田螺《たにし》のようにへばりついた三軒長屋の真中に住んでおり、私はそこで居候《いそうろう》をしながら学校に通っていた」

また「記念写真」（『父の詫び状』）によると――

「（母方の祖父は）上州屋を名乗り、戦前はかなり羽振りのよかった時期もあったようだが、他人の請判《うけはん》をしたのがつまずきのはじまりで、私が物心ついた時は、麻布市兵衛町の小さなしもた屋で、たまに注文のある料亭の建具やこたつやぐらなどの手間仕事をして暮していた」

港区の麻布は坂が多い。現在はそうではなくなったが、東京オリンピックの頃までは坂の上と下とでかなり町の様子が違っていた。坂の上はお屋敷や大使館がある高級住宅街だが、坂の下は庶民的な町になる。この「格差」は、水上瀧太郎の『山の手の子』（明治四十四年）や、菊池寛の『東京行進曲』（昭和四年）によく描かれている。水上瀧太郎は、坂の下の町を「下町」と書いている。

向田邦子が住んだ麻布市兵衛町の母方の祖父母の家は、坂の下のほうだったのだろう。

前出の深田祐介との対談のなかで、自分の出自に関してこういっている。

「うちの母は麻布、父は厳密に言いますと石川県の七尾、能登の人間なんです。ただ若い時から東京に住んでおりましたからね、私はちょうど山の手と下町の混血みたいなところがある」

「父は月給取りで、山の手に住んでました」といっているから、「山の手と下町の混血」とは、山の手に住んでいた父親と、下町に住んでいた母親との「混血」ということになる。現在の感覚では、「麻布」の母親がなぜ「下町」かと不思議に思えるが、向田邦子にとって麻布市兵衛町の家は、坂の下にある「下町」だったのである。弟、保雄の『姉貴の尻尾』によれば、この家は「私達が住んだ家で唯一、塀のない家」だったという。おまけに祖父は勤め人ではなく職人。「下町」の言葉が似合う。

「金襴緞子」によれば、祖父母の家は「二階が二間、下が二間。三軒が支えあってどうにか立っているといった感じの長屋」という。そこに大学生の向田邦子と高校生の弟が暮すことになるのだから、祖父母のほうも大変だったろう。

それでも向田邦子にとって、この「下町」暮しは一種のカルチャー・ショックになったのではないか。とりわけ、職人の祖父は、月給取りの父とは違って新鮮に見えた。深田祐介との対談でも「うちの母方の祖父というのは建具師なんです。だから今でも職人というのは好きですね」と語っている。

「寺内貫太郎一家」の主人公、東京の下町谷中に家を構える「寺内石材店」の主人にはいく分かは建具職人だった祖父の姿が投影されているのではあるまいか。

「金襴緞子《きんらんどんす》」のなかで向田邦子は祖母にも感謝している。

「女としてはあまり幸せではなかった七十四年の人生。憎まれ口は叩いたが、愚痴はこぼさず、あの食糧難の時代に、居候の私に食べもののことでただの一度も嫌な思いをさせなかった祖母（略）」

この時代、帝銀事件が起き、太宰治が死に、東條英機ら戦犯が絞首刑になった。他方では「青い山脈」や「銀座カンカン娘」の明るいメロディが町に流れた。

「明るいかと思えば暗く、豊かになったようでまだまだ貧しかった」時代、「すいとんと学生アルバイトで疲れ切っていた」向田邦子にとって、麻布市兵衛町の祖父母の家は、中目黒の家とはまた違った意味で、懐かしい思い出の家になったのではないか。「私はちょうど山の手と下町の混血みたいなところがある」という発言はそうした思いから生まれたものだろう。

有楽町の喫茶店

昭和二十五年（一九五〇）、向田一家は父親の東京本社勤務のため、また東京に戻ってくる。今度は杉並区久我山《くがやま》三丁目の社宅。向田邦子にとっては久我山は「山の手」である。麻布市兵衛町の下町からまた山の手に戻ったことになる。

向田和子『かけがえのない贈り物』によれば、久我山の社宅は二百坪の敷地に八畳、六畳、六畳、四畳半、三畳の和室と、四畳半と三畳の板の間があり、建坪五十坪ほどの大きな家だったという。庭には藤棚や石灯籠まであった。久我山は現在でも杉並区のなかでは高級住宅地といってよく、こういう広い社宅があってもおかしくない。

しかし、久我山の家は、中目黒の家や麻布市兵衛町の家ほどには作品のなかにあらわれていない。家が気に入らなかったからではない。社会人になった向田邦子にとっては、家よりは会社や町、人間関係のほうが大事になっていたからである。

とくに昭和二十七年（一九五二）に日本橋にある雄鶏社に入社し「映画ストーリー」の編集部員になってからは、仕事が面白く、家はただ帰るだけの場所になった。妹の和子によれば仕事が忙しく、家で家族と食事をするのは週に一度くらいだった。いまふうにいえばキャリアウーマンとして生き生きと働く向田邦子は、いわば「家」から「町」へ出たことになる。

さらに、昭和三十三年（一九五八）頃から内職でテレビやラジオのシナリオを手がけるようになってからは、ますます忙しくなり「家」の位置は以前よりずっと低くなってゆく。社会に出て働く女性にとって、両親や弟妹のいる「家」は次第にうっとうしくなる。それより自分一人でいられる「町」のほうが楽しくなる。

シナリオを書くようになってからは、現在も有楽町にある「ブリッヂ」という喫茶店を利用する。当時、有料喫茶室だったという。「ねずみ花火」（『父の詫び状』）によると「私はこの店の常連だった。昼は出版社につとめ、夕方からは週刊誌のルポ・ライター、そのあい間にラジオの原稿を書くという気ぜわしい暮しをしていたので、一時間たしか五十円払えば半日いても嫌な顔をされないこの店はもってこいの仕事場であった」。

喫茶店の椅子と机を有料で貸す。住宅事情の悪かった昭和三十年代らしい。同時にそういう店を若い女性が利用し、内職原稿を書くというのは、高度経済成長時代の熱気をあらわしてもいる。

せっかく「山の手」の久我山に広い家があるのに、有楽町の喫茶店で仕事をする。無理をしているのではなく、向田邦子にとってはそのほうが自由な気分になれたのだろう。まさに「都市が個人を自由にする」。

イギリスの女性作家ヴァージニア・ウルフは「女が小説を書くためには、女が『自分だけの部屋』を持つようにならなければならない」といったという。

向田邦子にとっては「自分だけの部屋」は「家」ではなく、有楽町の喫茶店だった。そこが面白い。地方出身者よりもむしろ東京に家がある女性のほうが、一般に、家から出て自立することは難しいものだ。

東京オリンピック

それでも、とうとう向田邦子にとっても家を出る日がやってくる。

当時、向田家は前述したように、父親の退職によって久我山の社宅を出なければならず、昭和三十七年（一九六二）に父親は退職金をはたいて杉並区本天沼三丁目に、はじめて借家ではなく持ち家を買った。向田和子『かけがえのない贈り物』によれば、久我山の社宅より小さかったという。

昭和三十九年（一九六四）十月、向田邦子はこの家を出て行くことになった。当時、すでに会社を辞め、物書きとして一本立ちしている。そして家を出て行く。いわば、背水の陣を敷いた自立である。

「二十代の終りから、ぽつぽつとラジオやテレビの仕事をするようになっていたが、家を出て別に住むようになったのは三十を過ぎてからである。

些細《ささい》なことから父といい争い、

『出てゆけ』『出てゆきます』

ということになったのである」

と「隣りの匂い」（『父の詫び状』）にある。「Bの二号さん」（『眠る盃』）には、こんな理由も書かれている。

「テレビのドラマを書くようになって、一番気が重いのは電話でスジの説明をすることであった。

『関係』『接吻』『情婦』『妊娠』

三十過ぎの売れ残りでも、親から見れば娘である。物堅い家の茶の間では絶対に発音しない言葉に、父はムッとして聞えない風をよそおい、母はドギマギして顔を赤らめている」

律儀な月給取りの父親は、三十歳を過ぎて結婚もしない長女が仕事の打合せとはいえ、電話で「接吻」や「情婦」といった言葉を口にするさまに困惑したに違いない。娘も父の困惑がわかるからこそ気を使わざるを得ない。「出てゆけ」「出てゆきます」のいさかいは二人のそんな気持から生じた。

父親としては、もうそろそろ娘を家から自由にしてやらねばという思いもあったかもしれない。弟の向田保雄は『姉貴の尻尾』のなかで書いている。「姉は自分の独立を、偶発的な父と娘の口喧嘩で飛び出したように書いているが、当時の姉の状況から推して、仕組まれたものだと思っている。父が察してきっかけをつくってやった、というほうが、当たっている」。そうだとすれば、なかなかの父親である。

口喧嘩の次の日、向田邦子は身のまわりのものと、中目黒から麻布市兵衛町への引越しの時のように猫（伽俚伽《かりか》という）を連れて家を出た。猫を飼ってもいいというマンションを探して不動産屋の車で青山から麻布にかけてまわった。そして霞町《かすみちょう》にマンションを見つけ、そこに決めた（このマンションは、今も健在）。

当日、昭和三十九年（一九六四）十月十日は、奇しくも東京オリンピックの初日で、青山に近い千駄ヶ谷の国立競技場では開会式が行なわれていた。

日本中の人間がオリンピックに目を奪われているなか、向田邦子は不動産屋と共にマンション探しをしている。青山の横丁に入ると、横丁の真下に国立競技場が見えた。「たいまつを掲げた選手が、たしかな足どりで聖火台を駈け上ってゆき、火がともるのを見ていたら、わけのわからない涙が溢れてきた。

オリンピックの感激なのか、三十年間の暮らしと別れて家を出る感傷なのか、自分でも判らなかった」(「伽俚伽」、『眠る盃』)。

テレビドラマの一場面のようでここはホロリとする。長く暮した家族と別れて、これから一人暮しをすることになった日が、日本の社会の大きな変り目である東京オリンピックの開会式の日と重なるとは、向田邦子個人にとっても、そして大仰にいえば日本の女性史の上でも重要なことに思える。

霞町のマンション

東京オリンピックは日本の社会を大きく変えた。新幹線が開通した。高速道路が出来た。海外渡航が自由化になり、浜松町の駅から羽田へ向かうモノレールが開通した。あるいは「平凡パンチ」が創刊されたし、ビートルズの人気が高まった。若者文化があらわれはじめていた。

昭和二十年八月十五日の日本の敗戦は、その後の政治のしくみを大きく変えたが、人々の暮しは戦前と同じ、いわゆる卓袱台のある暮しが営まれていた。政治は変ったが人々の生活はさほど変らなかった。

それが昭和三十九年の東京オリンピックを契機に大きく変っていった。その意味で十月十日は八月十五日と同じように戦後の日本にとって重要な日といえる。高度経済成長が成功し「戦後の終り」が日常感覚でも感じられるようになった。

個人的なことになるが、この年、私は大学に入学した。新宿に映画を見に行ったり、友人たちに会いに行ったりすることが多くなったが、新宿駅はそれまでのくすんだ建物からステーション・ビル（現在のルミネエスト）に変り、紀伊國屋書店が八階建ての新しいビルになり、日本の国も豊かになったなとうれしく驚いたものだった。

こういう明るい時代に向田邦子は家を出て一人暮しを始めた。前途に希望を持ったことだろう。

霞町のマンションは、六本木から西麻布の交差点に向かって六本木通りの坂を下り、交差点の手前を左に曲り、坂を上がった奥にある。三階建てで向田邦子は二階に住んだ。

「隣りの匂い」(『父の詫び状』)には「マンションとは名ばかりのアパート」とある。「マンション」が東京で増えてくるのはやはり東京オリンピックの頃である。それまでは高額所得者向けの高級マンションに特化されていたのが、この頃から、中産階級にも手が届くようになった。とはいえ、向田邦子が住んだ建物は自身がいうように「マンションとは名ばかりのアパート」というのが実際のようだ。

久世光彦は『触れもせで』(「財布の紐」)のなかで「はじめて知り合ったころは、そんなに豊かではなかったと思う。住んでいた霞町のアパートだって二間と台所のごく普通の部屋だった(略)」と書いている。

放送作家の河野洋は若き日、偶然にも向田邦子と同じマンションに住むことになった。一階と二階。「三階建ての小さなアパートで、まだ首都高は建設中、まわりに殆んど店もなかった」(「東京新聞」二〇〇七年八月二十日付朝刊)

霞町は昭和四十二年の町名改正で西麻布に名前が変わってしまい、いまや近くに六本木ヒルズが出来るなど東京の最先端の町のひとつになっているが、霞町時代にはまだ、庶民的な町並みを残していた。

六本木通りには、渋谷―新橋間の6番の都電が、外苑西通りには、四谷三丁目―品川間の7番が走っていて、二つが交差するところに霞町の停留所があった。個人的な話になるが、私は、昭和三十年代、杉並区の阿佐谷の自宅から麻布の高台にある中学・高校に通っていたが、通学にはこの7番の都電を利用した。霞町の停留所の横には「日本一安い、三本立て五十円」と謳った南星座という洋画の三番館があり、時折り、学校の帰りにここで西部劇を見るのを楽しみにしていた。

阿佐谷の駅前の商店街よりもっと小さな商店街があって、どちらかといえば寂しいところに思えた。

東京オリンピックの頃、原宿に下宿していたという作家、小林信彦の随筆『昭和の東京、平成の東京』（筑摩書房、二〇〇二年）によると当時、青山から六本木にかけてはまだ商店など少ない寂しいところで、表参道でタクシーを拾い、霞町を通って、六本木から会社のある溜池《ためいけ》まで行く時、渋滞を知らなかったという。

向田邦子が住んだ町は、あくまで昔の霞町であって、いまの西麻布ではない。サンダルひとつで買物に出て、お気に入りの魚屋「いわ田」で魚を買うことが出来るような、まだ戦前の中目黒を思わせるようなところのある町だった。

『思い出トランプ』のなかの名品「だらだら坂」は、叩き上げの中小企業の社長が若い女性をマンションに囲う話だが、このマンションは麻布の坂の上にあるという設定になっている。霞町のマンションをモデルにしたのではないか。

「このあたりは、もとは麻布と呼ばれた屋敷町である。坂の両脇には、昔ながらの古びた家をいたわりながら住んでいたり、思い切って建て替えたりの違いはあるにしろ、庭つきのかなりいい家がならんでいた」

前述したように麻布は、坂の上と下で町の雰囲気が違う。上はお屋敷町で下は庶民の町。この中小企業の社長は、坂の下の商店街にある角の煙草屋で煙草を買い、それからゆっくりと庭つきの家の花を眺めながら坂をのぼって女のところへ行く。麻布の町の上と下をよくとらえている。

向田邦子が霞町に住むことに決めたのは、そこがまだ静かな住宅地だったこと、TBSのある赤坂、テレビ朝日のある六本木に近かったことが大きな理由だろうが、もうひとつ、心のどこかに、終戦後の混乱期に、弟と二人で居候した麻布市兵衛町の祖父母の家に近いということがあったのではないか。そしてこんどは坂の下ではなく、坂の上に住んでみる。戦後の貧しい時代を乗り切り、東京オリンピックが開かれる明るい時代に、自前で、自分の稼ぎで、麻布の坂の上のマンションに部屋を借りる。よく働いてきた、これからもっと働かなければならない自分への励ましの思いもあったことだろう。

一人暮しは思った以上に快適だったようだ。もともと物書きは「ひとり」になれる書斎を必要とする。家族と暮していた時には、それが確保出来なかった。

妹の和子によると「家で書く時は、昼間はみんなが仕事に出掛けてから、夜はみんなが寝入ってから書いていた」という（『向田邦子の青春』）。

それがいまでは、好きな時間に、家族のことを気にしないで書ける。マンションの部屋は、くつろぎの場所であり、仕事場だった。

こんな文章に、一人暮しの充実感がうかがえる。

「徹夜で脚本を書き上げ、朝風呂に入って、好物の鰻重を頼み、ビールの小びんをあける――親と一緒では絶対に出来なかったことをして浮かれていたのもこの頃である」（「Bの二号さん」、『眠る盃』）

懐かしい夢

昭和四十五年（一九七〇）、霞町のマンションから港区南青山五丁目のマンションに転居する。今度は賃貸ではなく、購入した。経済的に豊かになってきたのだろう。前年、父親が急死したことで、いよいよ、ひとりで生きてゆく思いを強くしたのかもしれない。このマンションに、昭和五十六年(一九八一)八月二十二日、飛行機事故で急逝するまで住むことになる。

はじめて自分の城を持ったうれしさはこんな文章にあらわれている。

「十年ほど前に、少し無理をしてマンションを買った。

気持のどこかに、うちを見せたい、見せびらかしたいというものが働いたのであろう、あのころの私はよく人寄せをして嬉しがっていた。

今ほど仕事も立て込んでいなかったから、まめに手料理をこしらえ、これも好きで集めている瀬戸物をあれこれ考えて取り出し、たのしみながら人をもてなした」(「食らわんか」、『夜中の薔薇』)

一九七〇年代は、女性の社会進出が急速に進んだ。「女の自立」「キャリアウーマン」という言葉が使われるようになった。個人的な記憶でも、この頃から女性の書き手や編集者がふえてきた。女性誌も次々に創刊されるようになった。日本の社会が第二次産業から第三次産業へと変わっていった経済構造の変化が背景にある。

青山という町は、そういう女性の社会進出にふさわしいはなやいだ町だった。小林信彦がいうようにそれまではほとんど商店らしい商店がなかった町に、レストランやブティック、骨董店、画廊といった女性に喜ばれるおしゃれな店が出来るようになった。

新宿が一九六〇年代の男の町だったとすれば、青山は一九七〇年代の女の町だった。そういう町に、まさに「キャリアウーマン」の花形というべき向田邦子が住んだのは、ごく自然なことだったと思う。

ただ、時代の最先端の町に住みながら、だからこそというべきか、向田邦子は、いよいよ古き良き東京へと戻ってゆく。『父の詫び状』『思い出トランプ』『あ・うん』というノスタルジーあふれる作品はいずれも青山のマンションで書かれている。

一般に東京の人間は、喪失感が強い。東京があまりに急激に変化してゆくために、自分の大事な過去、家、町が消えてしまう思いにとらわれる。作家でいえば、永井荷風が典型で、現代の喧騒に背を向けて、失われた過去に夢を見ようとした。

向田邦子もまた東京の新しい町、青山に住みながら、中目黒の家や麻布市兵衛町の家といった懐かしい家の夢を追った。その意味でも向田邦子は生粋の東京人だった。いやより正確にいえば昭和の東京人だった。

「寺内貫太郎一家」で主人公を演じた作曲家の小林亜星は、久世光彦、加藤治子との座談会で実に的確なことをいっている。

「でも向田さんは、女子大生からは自立する女性の頂点みたいに思われているけど、書かれるものの中に出てくる女性は決してそうではない。未来志向の女性をプラスとすれば、出てくる女性はむしろうしろ向きのマイナスでしょう。昭和初期頃の女性という感じがする。向田さんの描かれる世界は、戦前の山の手の中産階級の雰囲気がとても濃いですよね。ものの見方の基本に、そういうものがあるんですね」

「昭和三十三年頃から変わり始めて、バブルですべてなくなってしまった何か大事なものを、向田さんはとても丹念に見続けていましたね」（久世光彦『夢あたたかき』）

あとがき

向田邦子さんの名前を強く意識したのは、昭和五十四年（一九七九）のこと。当時、「ビックリハウス」という若者向けの雑誌からエッセイの依頼があり、短い枚数だったので気軽に引き受けて、思いつくままに、いわば書き流した。

掲載誌が送られてきた。ページを開いてみると隣りが向田邦子さんだった。「サーカス」という短いエッセイ。町にサーカスが来て小男の道化師が人気を呼んだ。さっそく新聞記者がインタヴューに出かけた。小男ではなく大男がいた。ホテルの部屋を間違えたかと思うと、今日は休日だから大きくなっていると答えた。

イギリスの小話だという。面白い。この原稿に比べると隣りのページの私のエッセイの何とお粗末なこと。恥入り、向田邦子という人に敬服した。

翌昭和五十五年に直木賞を受賞された時は、当然だろうなと思った。

いつか向田邦子について書きたいと思っていた。昭和十九年（一九四四）に東京の、当時の郊外住宅地、代々木山谷（小田急線の参宮橋駅近く）に、五人姉兄の末っ子として生まれ、戦前昭和に生まれた二人の姉を見ながら育った人間にとって向田邦子さんは、お会いしたことはなかったが、何というか「昭和の姉」という身近な思いがした。

永井荷風ゆかりの三ノ輪の浄閑寺には、荷風の文学碑があり、関東大震災によって消えてしまった古き東京を愛惜する詩「震災」が刻まれている。「われは明治の児ならずや」がリフレインされている。

それに倣えば、向田邦子さんは、盟友というべき亡き久世光彦さんと同じように「昭和の子」だった。戦前昭和の東京に住む小市民の暮しを何よりも愛した。

昭和が去り、平成の世もすでに二十年も数えるに至った。誰もが感じているように、平成になって、われわれの暮しから倫理が失われるようになった。平たくいえば、なんでもありの荒《すさ》んだ世の中になってしまった。

そんな時代になればなるほど「昭和の子」向田邦子さんの世界が懐かしく、大事に思えてくる。倫理といっても決しておおげさなものではない。

みんながしていることでも、自分はしないと、自分なりの禁止事項を作ることである。自慢話はしない。恨みごとをいわない。大仰なものいいをしない。そんな小さなことを心に決めることである。

向田邦子さんは、そういう意味で倫理をきちんと持っていた。


二〇〇六年、世田谷文学館で開かれた「向田邦子展」を見に行った時、とりわけ心に残ったものがある。癌に関するいくつもの本である。昭和五十年（一九七五）、四十五歳の時に乳癌を患った。その時に読んだ本だった。この年に手術を受け、なんとか癌を克服してゆくのだが、いくつもの癌の本の展示を見ているうちに、〝そうか、『父の詫び状』も、『冬の運動会』も、『阿修羅のごとく』も、『あ・うん』も、癌の手術のあとの作品だったのか〟と自然と会場で涙が出た。いわば、向田邦子さんは、一度、死を意識したことで作家としてより深く鍛えられていったのではなかったか。

ただ、何事にも大仰なものいいをしなかった向田邦子さんは、癌についても多くを語ることはなかった。

好きなエッセイがある。

「娘の詫び状」(『眠る盃』所収)。

癌を患った時、その事実を、心臓の具合のよくなかった母親にいわなかった。三年後、はじめてのエッセイ集『父の詫び状』が出版されることになった。本のなかで乳癌のことを書いている。母親に話さないわけにはゆかない。

喫茶店で七十一歳の母親に「三年前のあれね、実は癌だったのよ」というと、母親は、いつもの顔といつもの声でこういった。「そうだろうと思ってたよ」。そしてひと呼吸置いて、いたずらっぽい口調で「お前がいつ言い出すかと思っていた」といった。

この母にしてこの娘あり。何ごともことを大仰にせず、平穏に生きてゆこうとする。その向田邦子さんが、飛行機事故という思いも寄らぬ悲劇で逝ってしまうとは。人の世の無常を思わずにはいられない。

散りてのち面影に立つ牡丹かな

エッセイ集『夜中の薔薇』に引用されている蕪村の句である。

生きておられれば、来年はもう八十歳になる。「昭和は遠くなりにけり」と思わざるを得ない。

本書は、パブリッシングリンクのサイト上で連載したものである（私自身はパソコンなどとまったく無縁のアナログ人間だが）。同社の校條剛さん、新潮新書の阿部正孝さんに御礼申し上げる。

二〇〇八年二月

川本三郎

【主要参考文献】（順不同）

井上謙・神谷忠孝編『向田邦子鑑賞事典』（翰林書房、二〇〇〇年）
久世光彦『触れもせで――向田邦子との二十年』（講談社、一九九二年）
久世光彦『夢あたたかき――向田邦子との二十年』（講談社、一九九五年）
高島俊男『メルヘン誕生――向田邦子をさがして』（いそっぷ社、二〇〇〇年）
文藝春秋編『向田邦子ふたたび』（文春文庫、一九八六年）
平原日出夫編著『向田邦子・家族のいる風景』（清流出版、二〇〇〇年）
向田和子『かけがえのない贈り物――ままやと姉・邦子』（文藝春秋、一九九四年）
向田和子編著『向田邦子の青春――写真とエッセイで綴る姉の素顔』（ネスコ／文藝春秋、一九九九年）
向田和子『向田邦子の遺言』（文藝春秋、二〇〇一年）
向田保雄『姉貴の尻尾――向田邦子の想い出』（文化出版局、一九八三年）
松田良一『向田邦子 心の風景』（講談社、一九九六年）

【写真提供一覧】（各章扉参照）

序章　新潮社
第一章　文藝春秋
第二章　ＴＢＳ　ドラマ『寺内貫太郎一家』より
第三章　文藝春秋　向田家の家族写真（右端が邦子）
第四章　文藝春秋
第五章　文藝春秋
最終章　毎日新聞社　一九六四年、東京オリンピック開会式

川本三郎　1944（昭和19）年東京都生まれ。評論家。『大正幻影』（サントリー学芸賞）、『荷風と東京』（読売文学賞）、『林芙美子の昭和』（桑原武夫学芸賞）など著書多数。

Ⓢ新潮新書

259

向田邦子《むこうだくにこ》と昭和《しょうわ》の東京《とうきょう》

著　者　川本三郎《かわもとさぶろう》

2008年４月20日　発行
2009年５月30日　３刷

発行者　佐　藤　隆　信

発行所　株式会社新潮社

〒162-8711　東京都新宿区矢来町71番地
編集部（03）3266-5430　読者係（03）3266-5111
http://www.shinchosha.co.jp

印刷所　株式会社光邦
製本所　加藤製本株式会社

ISBN978-4-10-610259-2 C0223

価格はカバーに表示してあります。